目次

主な登場人物

聖《ひじり》達磨《たつま》　選挙コンサルタント。当選確率九九％を誇る当選確実請負人。
碓氷《うすい》俊哉《としや》　聖事務所・調査責任者。
高月《たかつき》千香《ちか》　聖事務所・データ分析責任者。
関口《せきぐち》健司《たけし》　聖の運転手。

南方《みなかた》誉《ほまれ》　諏訪北小学校六年一組。
南方建克《たけかつ》　誉の祖父。精密機械部品メーカー「サザンクロス精工」創業者。
南方建信《たけのぶ》　誉の父。元環境省キャリア官僚。現在は「霧ヶ峰・杜のワンダーランド」レンジャー主任。
南方晴美《はるみ》　誉の母。義父の建克がオーナーの「御宿　みなかた」で若女将を務める。

岳見《たけみ》勇一《ゆういち》　内閣総理大臣。
塩釜《しおがま》昭三朗《しょうざぶろう》　岳見総理の政務秘書官。
新垣《あらがき》陽一《よういち》　保守党の第二派閥・新垣派領袖。副総理兼財務大臣。
大堀《おおほり》秀一《しゅういち》　衆議院比例北陸信越ブロック選出。
岳見俊一《としかず》　岳見総理と先妻との間に生まれた長男。父の地元で秘書修業中。
ベルモンド・メリル・藍子《あいこ》　市民団体「日本の原風景を守る会」代表。
藤森《ふじもり》大《だい》　長野県の地方紙「信濃新聞」記者。特報部で岳見番を務める。

当確師　十二歳の革命

うらうらに
照れる春日に
ひばり上がり
心悲しも
独りし思へば

「万葉集」より

プロローグ

＊

五年前——

七歳の息子《むすこ》と夫と共に乗り込んだボートが、静かに動き出す。

自宅から漏れる灯《あか》りをたよりにオールを漕《こ》いだ。途中、晴美《はるみ》は、スマートフォンを操作して家の灯りを消した。

途端に暗闇に包まれた。

無数の星がちらちらと瞬いている。そして、空を横断する天の川。まるで星の海に、カヌーが浮かんでいるようだった。

この素晴らしい環境が、今日から日常になる。

それは、昨日までの全てを浄化してくれるだろう。

「お母さん、今日はデネブが明るいね」

天空で、ひときわ明るく輝くはくちょう座の一等星を、息子の誉《ほまれ》は的確に指さしている。

「お父さん、見える？」

黙々とオールを漕ぐ夫に声をかけてみた。昔は、尋ねる前から、星の話を延々と語ってくれたのに。

「えっと、何が？」

「デネブだよ。今日は明るいね」

息子が、また星を指さした。

「おっ、ホントだ。今日は空がよく澄んでいるからね」

「澄んでる？」

「地表と空の間に浮遊している水蒸気や塵《ちり》の量が少ないってことだ」

「ラッキー！」

七歳への説明としては難しいはずなのだが、我が息子は難なく理解する。

「きっと、デネブが誉に会いたいって思ったんだよ」

「星は人間じゃないよ」

誉の生真面目《きまじめ》な訂正に、思わず晴美は笑ってしまった。

「そんなの分からないぞ。星だって、見て欲しい人を選んで光っているかも知れない。なんでも思い込みはダメだ。自分で確かめるまでは、本当のことは分からない」

夫の口癖だ。最近は息子までもが父親そっくりに「自分で確かめるまでは、本当のことは分からないよ。お母さん」とご指摘なさる。

「でも、簡単に行けないね」

デネブは、太陽系から光の速度で一四〇〇年もかかるんだと、誉が教えてくれた。

「じゃあ、君がデネブまでひとっ飛びする探査機を発明すればいい」

「考えとく」

これも夫仕込みの息子の口癖だった。

「あっ！」

誉が声を上げて手を伸ばした先に、無数に明滅している光があった。

「これ、ホタル？」

「そう、ヘイケだな」

「じゃあ、小さい方だね」

今夜の探検のために、朝から誉は図鑑に没頭していた。

「そうだ。ヘイケボタルは、草むらで、じっとして光るんだ」

「田んぼに住んでいるって、図鑑には書いてあったよ」

「主な生息地は水田だけれど、この芦原湖《あしはら》にもいるんだ」

父子《おやこ》のやりとりを聞きながら、晴美もホタルの光跡を追いかけていた。

晴美の胸の奥が、久しぶりにあたたかくなった。

その時、太く明るい光の線が晴美の前を横切った。

「ゲンジボタルか。無粋だな」

その名にふさわしく勝者のような飛行のせいで、ヘイケボタルの光が闇の方に追いやられてしまった。

＊

二三五日前——

それは、南方建克《みなかたたけかつ》がいつも見る夢だった。中国人の兵士が平然と、建克を取り囲んでいる。

「おまえらを、通すわけにはいかないな」

中国共産党軍の下士官は、口元を歪《ゆが》めて言った。

「僕の父は、共産党軍に協力していたんです。どうか、通してください」

当時十二歳だった建克は中国語が理解できた。彼は拝むように両手を組んで、慈悲を乞うた。

「じゃあ、おまえの父は、どこにいるんだ?」

知らない、と言うしかなかった。

三ヶ月前に関東軍に徴用されたきり、父は帰ってこない。それに、共産党軍に協力していたはずの父が、敵である日本軍の軍務に就くために徴用されたとは、口が裂けても言えない。

「この娘は、何歳だ?」

下士官は、母の後ろに隠れている妹・綾《あや》に卑猥《ひわい》な目を向けた。まだ九歳だ。

「隊長さま、お願いです。どうか、僕らを通してください。少しならお金もあります」

建克は泥だらけの手を開いて、銀貨を一枚見せた。

「おまえ、俺をカネで買収する気か!」

手の甲で張り飛ばされた。

「お兄ちゃん！」

妹がかすれた声を振り絞っている。下士官が、母の手から綾を奪った。建克は必死でその足に取り縋《すが》った。今度はみぞおちを蹴《け》られた。

それでも縋りついていたら、鼻先に銃剣が突きつけられた。

「おまえと、そこのババアは助けてやる。だから、勝手に行け」

「ダメです！　妹の代わりに僕を！」

顔を上げて叫んだ拍子に、思いきり顎《あご》を蹴りあげられた。


そこで建克は目覚めた。しんしんと冷え切った夜明け前だというのに、全身汗だくだった。

八七歳を過ぎても、十二歳の時の記憶にうなされるとは。

建克は布団から出ると、風呂場に向かった。

元本陣の格式を持つ下諏訪《しもすわ》有数の温泉旅館「御宿　みなかた」の敷地内に、建克の自宅はある。宿と同じ源泉を引いた風呂は建克の一番のお気に入りだ。縁側の廊下を進むと、足下から冷気が這《は》い上がってきた。

脱衣所で寝間着を脱ぐと、建克は急いでかけ湯を繰り返した。そろりと両足を檜風呂《ひのきぶろ》の湯船に浸《つ》けて、湯に体が馴染《なじ》むのを待ってから、建克は慎重に体を沈めた。そして、いまだに妹を失う夢を見続ける意味を考えた。――妹はまだ赦《ゆる》してくれないのだろうか。

満州《まんしゅう》から母と二人、命からがら帰国した。だが、建克は一日たりとも綾を忘れたことはない。

いつか必ず中国に戻り、妹を捜すつもりだった。

貯めたカネを元手に、仲間と精密機械の部品工場を立ち上げたのも、その資金を稼ぐためだった。

しかし、戦後しばらくは日中間の国交が途絶え、一般人には渡航が叶《かな》わなかった。

ようやく日中国交正常化が果たされた一九七二年末、衆議院議員で中国引揚者の問題に取り組んでいた大堀秀麿《おおほりひでまろ》に頼み込んで、国の視察団にまぎれて訪中した。

しかし、綾の行方は杳《よう》として知れず、七九年、旧満州地区で残留孤児の行方を追っていた日本政府の調査団によって綾の死亡が判明した。一九五〇年頃に大連《だいれん》郊外の農村で流行した伝染病に罹《かか》ったのだという。

妹を殺したのは、自分だ――。

己の不出来を呪い、戦争を憎んだ。せめてもの償《つぐな》いとばかりに、平和を守る活動、貧困に苦しむ子どもへの支援などに、建克は積極的に参加した。

部品工場は、今や東証二部に上場するまでに成長し、世界中から注文が来る一流企業になった。

社長業を長男に譲り、伯父《おじ》が経営していた「御宿　みなかた」を継いだが、それも三年前に、長女夫婦に委《ゆだ》ねた。

もはや、自分は死を待つだけの身だった。あんな酷《ひど》い夢を見るくらいなら、今すぐに命を終わらせて欲しい。

しかし、生きたい！　と切望しながら死んでいった、多くの満州開拓民や若い兵士の無念を思えば、老醜であろうが、寿命尽きるまで生きるのが務めであった。

風呂から上がった建克は、防寒着を着込んで自宅を出た。

旅館の裏手に、氏神を祀《まつ》る社《やしろ》がある。そこに参拝するのが朝の日課だ。一〇八段の階段を、一段一段踏みしめながら上り詰めると、眼下に諏訪湖が見える。先週から全面結氷しているので、冬の朝日が氷に反射して眩《まぶ》しかった。

湖面に目を凝らすと、一部が隆起しているように見えた。

おでましか……。

それを確かめるのは後回しにして、家族と諏訪の平穏を願い、綾の鎮魂を祈った。

慎重に階段を下りて諏訪湖に向かった。

凍った湖面に、南北を繋《つな》ぐように氷が隆起し、神の通った道筋が顕《あらわ》れている。御神渡《おみわた》りである。諏訪大社上社《かみしゃ》から、主祭神である建御名方神《たけみなかたのかみ》が、下社《しもしゃ》に鎮座する八坂刀売神《やさかとめのかみ》の元に、お渡りになったしるしだと言い伝えられている。

御神渡りが出現した年は安寧、五穀豊穣《ほうじょう》となるという。果たして、今年は……。

まるで、建克に応えるかのように携帯電話が鳴った。

〈早朝から失礼します。お参りがお済みの頃かと思いましてな〉

八劔《やつるぎ》神社の宮司・物部雅司《もののべまさし》だ。

「御神渡りの前におります」

〈でしたら、話が早い。これから上社の方にお越し願えますか〉

御神渡りであるか判定するのは、諏訪大社の氏子代表と言われているが、実際は諏訪大社上社の摂社《せっしゃ》である八劔神社の宮司が判断する。

「畏《かしこ》まりました。それより、雅司君、これは、まずくないのかね？」

御神渡りは立春前に現れるのが、吉兆と伝わっている。それを過ぎると、世が荒れると占う者もいる。

〈立春を過ぎておりますからね。しかし、今日は二月七日、許容範囲としましょう〉

何事に於いても些事《さじ》にこだわらない物部らしい物言いだ。

だが、久しぶりに綾の夢を見た建克は、心穏やかではない。

電話を切っても、暫《しばら》くの間、建克はその場から動けなかった。

もう一つ奇妙な現象を見つけたからだ。

御神渡りは、概《おおむ》ね諏訪大社上社側から下社側へと走る。

だが、今回は、それが数十メートル西にずれている。ちょうど、南方家の氏神を祀る社の鳥居の真っ正面から、氷面が隆起しているのだ。

これは、何を意味するのだろうか。

*

二三〇日前――

「いつまで、この人の勝手を許すんですか！」

保守党の第二派閥・新垣《あらがき》派の若手、早野遼三《はやのりようぞう》が嚙《か》みつかんばかりの勢いで、副総理兼財務大臣を務める新垣陽一《よういち》を責めた。

早野は怒りながら、ワシントン・ポスト紙の記事を指している。記事には、岳見勇一《たけみゆういち》総理と米国大統領が親しげに握手している写真が、大きく掲載されていた。

大見出しには、「日米共同で、宇宙探査のための新エネルギー開発」とある。さらに、小見出しが、「総理のお膝元・諏訪に、ＮＡＳＡとの共同研究所設立へ。費用負担は日本が！」と躍っている。

「副総理は、どこまでご存知だったんですか！」

「全く知らんかった。文科省も内閣府の宇宙戦略室も、寝耳に水だと言うとる」

日米首脳会談に同行している事務秘書官の一人が、今朝早くに新垣に連絡してきたのを受けて、関係各省に確認したが、どこもパニックに陥っていた。

「こんな資金が、どこにあるというんです」

「そんなん、知らんわ。けど、あの人のこっちゃ。ちょっと調子に乗りすぎただけとちゃうか」

新垣より五歳若い岳見は、歴代総理きってのお調子者だと揶揄されている。大阪出身の新垣の地元では、「いちびり」と呼ばれる部類の困った男だ。

「しかし、午前の定例会見で、塙《はなわ》官房長官は検討中と答えたんですよ」

それも知っている。会見の内容を聞いて、新垣は官房長官に事実関係を質《ただ》した。

――実は、私も、いま知った次第で。いつも通りに総理がフライング気味に口を滑らせたんで、適当に誤魔化《ごまか》しておいてくれとのことです。

岳見のフライング発言など日常茶飯事だが、米国航空宇宙局《NASA》との国際的な共同研究を行う施設を長野県諏訪地方に設立するなどという話はさすがに、聞き捨てならない。

「新垣さん、今回は断固抗議しましょうよ。こんな重大事を党総務会にも、閣議にもかけずに、アメリカのメディアに漏らすなんて、酷すぎます」

総理が官邸にいるのなら、ただちに襲撃に向かいそうな勢いだ。

「まあ、落ち着け、早野。いくら抗議しても、あいつにはヌカに釘《くぎ》や。それより、この共同研究の目的を調べるこっちゃ。対策を考えるのは、そのあとや」

早野の悔しい気持ちは痛いほど分かる。

俺だって、あの馬鹿ぼっちゃんのお気楽で身勝手な言動には、頭にきてる。けど、あいつは、選挙にはめっちゃ強いんや。俺がどんだけ頑張っても取れないであろう議席数を、あいつは毎回あっさりと稼ぎ出しよる。

難しい政治の話より、とにかくかっこよく楽観的に行こうというスタンスと、育ちの良さを感じさせる振る舞いで、岳見は国民から絶大な人気を博していた。

だが、政治家としては三流以下だ。哲学も日本の未来を見据えたビジョンも何もない。

「ニッポンは、大丈夫。だって、僕のようなお気楽な奴が総理をやっているのに、豊かなんだから。だから、みんな安心して」とウルトラポジティブで、深刻な話をしないのが受けているのだから、日本も落ちたものだ。

ただ一つ、アメリカと仲良くした方が得！　という一点だけは徹底している。アメリカ政府の傀儡《かいらい》だとか米国大統領の犬だとか非難されようが気にもしない。

そんな体たらくでも事なきを得ているのは、総理を支える官僚が優秀なのと、新垣ら保守党の幹部が、関係各方面への調整を怠らないからだ。

副総理兼財務大臣を務める新垣は、岳見と初当選の時期がほぼ同じで、以来ずっと腐れ縁が続いている。岳見に言わせると「僕たち、運命共同体」だそうだが、岳見が意見を取り入れてくれた記憶はない。

ただ、こちらが見るに見かねて意見すると、本当に神妙に耳を傾けるので、つい絆《ほだ》されてしまう。

「やはり、前の総裁選挙に出るべきでしたな」

嫌みを言うのが使命だと考えている側近が、予想通りの言葉を吐いた。

それに答えるつもりはない。

前回の総裁選は、紆余曲折《うよきょくせつ》と葛藤があって、岳見を担ぐことが賢明と判断したのだ。

結果的には、あいつをますます調子に乗らせてしまったのだが。

「副総理、実は我々が、今日お時間を取って戴《いただ》いたのは、他の提案があるからです」

早野と同じ三回生議員なのだが、性格は正反対の多田野道則《ただのみちのり》が、口を開いた。

東大で憲法学を研究する准教授だった多田野を、新垣が政界に引きずり込んだ。多種多様な人間を派閥に取り込みたいと考えている新垣派にあっても、多田野は異色だった。

三代続く味噌《みそ》屋のせがれで、ケンブリッジ大学で博士号を取得している。常に沈着冷静で、四四歳とは思えない落ち着きと風格があった。

どう見ても、象牙の塔で一生を送るようなタイプなのだが、その実、内に秘めた闘争心には激しいものがある。その上、やたら陰謀好きだった。

「早野さんと同様に、私もこれ以上の総理の暴挙を看過できません。しかし、副総理がお考えのように、あんなに選挙にお強い方を簡単には倒せない。そこで、別の方法を考えました」

「どんな方法や？」

「憲法六七条を利用致します」

「内閣総理大臣は、国会議員の中から国会の議決で、これを指名する――ってやつか」

「我が派が、保守党内でクーデターを起こしても、勝ち目はありません。ならば、地元の有権者に謀反《むほん》を起こしてもらうんです」

　意味が理解できた。

「次の選挙で、総理を落選させるのか？」

「いかにも」

　衆議院議員の任期は、残り一〇ヶ月余りだ。無論、解散総選挙となれば、もっと早まる。しかし、岳見は暫く選挙をするつもりはないと明言している。

　現在の政権で、やりたいことがあるからだ。

「おそらく、最短なら次の選挙は半年先でしょうが、私は任期満了まで行くのではと思っております。だとすれば、一二月。それまでに、総理を落選させうる有力候補を地元選挙区で密《ひそ》かに擁立すれば、岳見勇一は、ただのいちびりのオッサンになります」

＊

　一七九日前――
　藤森《ふじもり》がへとへとに疲れて帰宅すると、小学六年の英一《えいいち》から話があると言われた。

三人兄弟の長男である英一は、

「父さんの仕事は、正義を書くことなんだよね」

缶ビールのタブを引くなり、思いがけない問いがぶつけられた。

「まあな。それがどうした？」

「友達が、おまえのお父ちゃんは、ごますりだって言うんだ。父さんは、正義のために新聞記者をやってるって反論したら笑われた。それで喧嘩《けんか》になったんだ」

頰のバンドエイドは、そのせいか……。

「喧嘩に負けたけれど、僕は間違ってないよね」

いじらしい息子のためにも、新聞記者は、正義の味方だ——と断言すべきだった。

だが、藤森は、その一言が言えなかった。

やがて、息子の目に先ほどとは違う感情が浮かんだ気がした。

「当たり前じゃない。あなたのお父さんは、正義の味方よ。だって、新聞記者って仕事は、正義の気持ちを持ち続ける人にしかやれないの」

妻が助け船を出した。息子はまだ、じっと藤森を見つめている。

「お母さんの言うとおりだ。お父さんは、いつも正義について考えている。それよりも、お父さんのことをごますりと呼んだ奴と闘ってくれて、ありがとう。それでも、喧嘩はいけない」

　息子が泣きながら抱きついてきた。その体を強く抱きしめながら藤森は、己を恥じた。

＊

　一七八日前――

　諏訪グランドホテルの駐車場に車を停めると、藤森は胃薬を飲み下した。

　昨夜は少し飲み過ぎた。息子の思いがけぬ問いかけのおかげで、己の欺瞞《ぎまん》に気づいたせいか。

　俺は〝総理のごますり〟か、それとも〝正義の人〟なのか……。

　携帯電話が鳴った。

〈今、どこだ〉

　総理番キャップの上原《うえはら》だった。

「すみません。グランドホテルの駐車場です」

〈始まるぞ。早く来い〉

言われて、車を降りた。

宴会場に向かうと、報道と書かれた受付で記帳して、施政報告会会場に入った。

着席で四〇〇人収容可能な大宴会場の席の大半は既に人で埋まっていた。

「酒臭いな」

藤森が記者席に着くと、上原が顔をしかめた。彼は若い頃に酒を止《や》めている。藤森はミントタブレットを口に放り込んだ。

「それより、例のNASAとの共同研究所の件ですけど」

「そんなものは、忘れろ。あれは、勇ちゃんの勇み足だ」

「そうですか」

いつものことだ。そう呑《の》み込もうとしたら、喉の奥に小骨でも刺さっているような感覚を覚えた。

満席になったのを待って会場が暗転すると、ざわめきが消えた。それから、施政報告会に合わせて制作された総理を讃《たた》えるプロモーションビデオ《PV》が、会場各所に設置された大スクリーンに映し出される。

〝レディーズ・エンド・ジェントルメン！　ようこそ、ユーイチ・タケミの世界へ！〟

東京で人気を博しているDJの渋い声が響き渡り、映像が流れる。この半年の間に、岳見総理が国内外を飛び回り、様々な要人と会い、国民とふれあい、日本を元気にしている様子が、ハリウッドの映画制作会社によって見事に編集され、披露されている。

藤森はあくびを嚙み殺して、会場の反応を眺めていた。

どいつもこいつもバカばかりで、岳見を『アイアンマン』の主人公トニー・スタークみたく思っていやがるんだろうな。

ＰＶが終わると、大喝采が起こった。

いよいよアイアンマン登場だ。

美貌を誇る秋穂《あきほ》夫人と手を繫いで岳見総理が登場すると、全員が総立ちで迎える。

映像と岳見の軽妙なトークで、一年間の業績が支持者に披露されるという絶妙の構成で、会場が何度も沸いた。

そして、会の名物である〝総理に質問コーナー〟が始まった。

最初から仕込まれた質問者による、質疑応答だ。

三人目は、諏訪北小学校六年生の南方誉とある。

「岳見総理に質問があります。僕らの小学校は、校区内にある芦原湖周辺の里山復活に取り組んでいます。特に地元では、ヘイケボタルとゲンジボタルが自然に繁殖できるように努力をしています。そんな時、総理がお考えになっている研究所が、芦原湖にできると聞きました。里山は守って戴けますか」

総理は、演台に置いた原稿を怪訝《けげん》そうにめくっている。

「えっと、その質問には、すぐには答えられないなあ。ホタルは辰野町《たつのまち》に、日本最高のホタルの里があるからなあ」

「総理、里山の意味をご存知ですか」

「なになに、僕にそんな質問するわけ？　里山って、日本の原風景だよ」

「人と自然の共生の場、そして生物多様性を守るための大切な場所だと、僕らは先生から習いました。総理、どうか、芦原湖の里山を壊さないでください」

会場にどよめきが広がった。

そこで、司会者が割って入ったが、少年はマイクを離さなかった。

「僕らには選挙権がありません。でも、子どもの意見を無視したりはしませんよね」

会場にいたスタッフが、少年を外に連れ出そうとした。報道席にいた大半の記者が、少年を追いかけた。

だが、上原は動かない。そして、藤森に動けとも言わなかった。

藤森の脳裏では、その少年の声が息子のそれとダブっていた。

思わず、藤森は立ち上がっていた。

＊

一七〇日前——

六本木《ろっぽんぎ》にある自宅で遅い朝食を摂りながら、聖《ひじり》達磨《たつま》はCNN国際放送を見ていた。

〝次のニュースです。世界的ヘッジファンドとして知られるダースベイダー・ファンドが、一時間前、緊急の記者会見を開き、同社が約一兆円の債務超過となり、社を解散すると発表しました〟

飲んでいた牛乳をテーブルに噴き出した。

「マジかよ」

聖はスマートフォンを手にすると、ダ《D》ースベイダ《V》ー・ファンド《F》の営業マンに連絡を入れた。

恐ろしいことに、電話は「現在使われておりません」と言っている。

テレビのボリュームを上げた。

〝同社広報部によると、負債額はさらに増える予定で、世界中にいる投資家への返済は難しいとの見通しです〟

「ありえん！　俺の三億円をどうしてくれるんだ！」

しかも、よりによってこのタイミングだ。

投資した三億円の内の一億円を回収して、日光《にっこう》・鬼怒川《きぬがわ》で進めている政治大学設立の資金に充てるつもりだった。

大志を抱く若者が本物の政治を学べる大学を一緒に作らないかと誘ってきた友人が、突然、建設資金を持ち逃げして失踪したためだ。

傲慢《ごうまん》とは俺の代名詞と言って憚《はばか》らない聖が、完全に動揺して、思考がフリーズしてしまっている。

聖は、自分にDVFを紹介した元カノに電話した。

〈あら、どうしたの、タッキー〉

達磨だからタッキーなんだそうだ。

「CNN見たか？」

〈ごめん、私ニュースに興味ないし〉

「DVFが破綻した」

〈あら、ようやく発表する気になったんだ〉

「おまえ、知ってたのか！」

〈知らなかったの？　それは、ご愁傷様〉

「なんで教えてくれなかったんだ！」

〈浮気した男に、そんな話を教える義理はないと思うけど。それより、いま忙しいから〉

そこで電話が切られた。もう一度呼び出したが、出る気配はない。

仕方なく、今度は碓氷《うすい》を呼び出した。聖が経営する選挙コンサルタント事務所の調査責任者だ。

「俊哉《としや》、ＤＶＦが破綻した！」

〈えっと、何の略でしたっけ？〉

「ダースベイダー・ファンドだよ！」

〈あそことは、とっくに縁を切っているはずじゃあ〉

「実は、まだ残してあったんだ」

ＤＶＦは筋が悪いので、投資資金を即刻回収すべきだと、碓氷がうるさいので、つい「回収した」と嘘《うそ》をついたのだ。

聞こえよがしのため息が、スマートフォンから流れてきた。

〈今月末には、宇喜多《うきた》さんが持ち逃げしたカネの埋め合わせをしないと、大学の計画は頓挫しますよ〉

頓挫するだけならいい。そっちにも俺は二億円投資しているから、ここで開校を断念すると、それ以上の損害賠償金を請求される。

つまり、俺は破産、いや破滅だな。

「大至急、DVFの状況を調べてくれないか」

〈分かりました。大学の方も、別の金策の方法がないか検討してみます〉

「頼む!」

電話を切ると、秘書の小嶋明菜《こじまあきな》五九歳を呼び出した。

〈おはようございます。先生、今日も良いお天気ですよ〉

「明菜ちゃん、悪いんだが、今、ウチに来ている依頼を値段の高い順に教えてくれないか」

電話の向こうで、明菜が沈黙している。

勘の良い明菜は、聖がまたカネのトラブルに巻き込まれたと察したに違いない。

〈ちょうど今し方、新しいご依頼がありまして。それが一番お高いと思います〉

「どこだ?」

〈衆議院議員選挙で、長野四区です〉

「長野四区って、まさか」

〈はい。内閣総理大臣岳見勇一先生の選挙区でございます。お値段は、着手金一億円、成功

報酬としてプラス二億円でございます〉

第一章

1

一六五日前――

わが町の自然を大切に！　という一二歳少年の気持ちを踏みにじる岳見総理のホンネ
「選挙権のない少年に、何ができる」
「子どもは、宿題やって歯を磨いて寝なさい」

それは、起こるはずのないハプニングだった。

毎年恒例のド派手な岳見勇一総理の施政報告会は、大盛況で幕を閉じようとしていた。その直前、地元住民からの質疑応答で〝事件〟は起きた。

地元で、ホタルの里を守る小学六年生の少年（一二）が、質問に立った。

「僕たちは、ヘイケボタルとゲンジボタルが自然に繁殖できるように努力をしています。そんな時、総理がお考えになっている研究所が、芦原湖にできると聞きました。里山は守って戴けますか」

それに対して、我らが総理五二歳は、「既に長野県には、ホタルの里が別にあるだろう」という、トンデモ回答を口にした。

会場が騒然とする中、少年は質問を続ける。

「総理、里山の意味をご存知ですか」

「なになに、僕にそんな質問するわけ？　里山って、日本の原風景だよ」

「人と自然の共生の場、そして生物多様性を守るための大切な場所だと、僕らは先生から習いました。総理、どうか、芦原湖の里山を壊さないでください」

すると、あろうことか、後援会のスタッフが、少年からマイクを奪おうとした。

それでも、少年はマイクを握りしめて叫んだ。

「僕らには選挙権がありません。でも、子どもの意見を無視したりはしませんよね」

その叫びと共に、少年は会場からつまみ出された。

会を終えて囲み取材に応じた総理は「素晴らしい少年だよね。だから、官邸にご招待したんだ。それまでに、里山の問題をしっかり勉強しておくよ」と答えた。

が、しかしだ。

その夜、総理のお膝元である諏訪市で行われた宴席で、総理は全く異なる発言をした。

「選挙権のない子どもに、何ができる」と笑い飛ばし、さらに「子どもは、宿題やって歯を磨いて寝なさいってもんだ」と毒を吐いたのだ。

実際に宴席にいた地元有力者は匿名を条件に、その時の様子を話してくれた。

「やんちゃでお茶目なところが、勇一君の魅力ではあるが、あれは戴けない。子どもに詰め寄られて、狼狽《ろうばい》したのを隠すために悪態で返すなんて、リーダーの器じゃない」と怒りを隠さない。

総理、選挙権がないとはいえ、子どもの心の叫びを無視したツケは大きいかも。

【週刊文潮《ぶんちょう》】

2

一六四日前――

久しぶりに大金が拝めるかも知れない。そんな期待を持たせるかのように依頼主は、一〇〇万円の札束一〇〇個をキャリーバッグから取り出した。

こんな光景を目にするのは、若き日に、面倒な政治家の秘書を務めていた時以来――だとすると、もう十数年も昔の話だ。

預金通帳の数字で眺めるよりも現金《げんナマ》は壮観だな。

聖達磨は札束に愛を感じながらも、事務所に現れた依頼主への不信感が拭《ぬぐ》えなかった。

大堀秀一《しゆういち》、五五歳。衆議院議員八期目という与党・保守党の中堅議員だ。選挙区は、比例北陸信越《しんえつ》ブロック。祖父、父と三代続く立派な世襲議員だが、閣僚経験はなく、経産副大臣と農水副大臣をそれぞれ一度務めただけだ。派閥は新垣派だが、若手の台頭著しい同派内で居場所を失いつつある。

衆参両院議員は総数七一三人だが、聖はその内の八割と知己である。にもかかわらず、与党議員の大堀とは初対面だった。

それほど魅力に乏しい男だったのだ。目の前で虚勢を張っているデブを見ていると、こんな男が、八回も代議士に当選していることが奇跡に思えた。有権者がよほどのバカか、地盤・看板・鞄《かばん》の三バンの威光が強力なんだろう。

同行の碓氷俊哉が咳払《せきばら》いをした。会話しろと催促しているのだ。

「失礼しました、大堀先生。もう一度、伺いますが、ご依頼というのは、同郷でもある岳見勇一総理を、選挙で落として欲しいということで、よろしいのでしょうか」

「ああ、その通り」

緊張しているのか、大堀は、皺《しわ》だらけのハンカチでしきりに首筋を拭っている。この態度だけで、候補者としては減点五だ。

「ですが、あなたご自身が岳見総理と同じ選挙区で出馬されるわけではない」

それどころか、政界から引退するという。

「ご承知かと思いますが、私の仕事は依頼者を当選させることです。誰かを落選させよという依頼は、極めて異例です」

「意味は同じでしょう」

「同じに見えるが、似て非なるものです」

「だから、あなたには過分な報酬を出すわけで」

そういう言い方は気に入らない。

「ご依頼を引き受ければ、そうなりますが、誰かを落とせという依頼は――」

「じゃあ、長野四区で有力候補を立てて、その候補者を当選させて欲しい。こういう依頼なら、問題ないでしょう」

話の途中で遮られたのが不快だったが、相手は一億円である。とりあえず大堀の経歴書に目を通した。

慶應《けいおう》幼稚舎からエスカレーター式に法学部に進み、卒業後、五菱《いつびし》総研に入社する。三〇歳で父である大堀秀麿蔵相の秘書になり、父の急死により、立候補し初当選を果たす。

その後、小選挙区比例代表並立制になってからは、比例区での当選を重ねている。

血筋はいいし、学歴も職歴もまあまあだ。しかし、国会議員としては、年下の岳見の陰に隠れて目立たずに現在に至っている。だから、総理を引きずり下ろしたいのだろうか。

「そうすると、長野四区で立てたいと思ってらっしゃる候補者が、いるわけではないんですね」

「いないわけではないよ。ただ、本人の承諾を得ていないだけで」

「ちなみに、どなたですか」

「あんた、候補者探しから依頼を受けて、当選させたことがあるんだろ」

「ええ、そういうこともたまには致します。ただ、大堀先生が倒したい相手は、内閣総理大臣です。相当強力な対抗馬が必要です。ですから、意中の方がいらっしゃるなら、教えて戴きたい」

大堀は、首筋を拭っていたハンカチをデスクの上に放り出すと、薄いファイルを差し出した。デスクは後でアルコール消毒しよう。

「南方晴美さん？」

聞いたことのない名前だったが、美人だった。細面で知的に見える。

ファイルには簡単な経歴が添付されている。

京都大学で文化人類学を学んだ後、米国コロンビア大学でマスコミュニケーション学を修めて、外資系の広報会社の日本法人に就職。五年前に退職していた。

「不勉強で申し訳ないのですが、この方の現在のご職業は？」

「今は、主婦、かな。いや、旅館の若女将《おかみ》もやってるかも知れない」

「御宿　みなかた」という下諏訪にある老舗《しにせ》旅館が婚家のようで、そこで働いている様子を紹介したコピーが添えられている。「インバウンド増に一役。若女将、奮闘中」という地元新聞の記事だった。

「この方を推す理由は？」

やや飛び出し気味の大きな目が、こちらを見ている。暫《しば》し間があって大堀は答えた。

「美人だからだ」

「それだけですか」

「愛嬌《あいきょう》もある」

「政治経験は？」

「下諏訪だったかにある里山を守る会とかいうのの世話役も務めているよ」

市民活動家か。

「それは、政治経験とは言わないでしょう」

大堀は、またアタッシェケースを開いて、ごそごそと中身を漁《あさ》った。そして、一枚の雑誌のコピーを取り出した。

「この記事は知っているだろう」

「わが町の自然を大切に！　という一二歳少年の気持ちを踏みにじる岳見総理のホンネ」という見出しを見て、最近週刊誌で読んだのを思い出した。

「彼女は、勇一に素晴らしい質問をぶつけた少年の母親だ」

3

「今、長野県下諏訪町の諏訪北小学校に来ております。ここに、岳見総理をタジタジとさせた少年がいるということで、お邪魔しました」

小学校を訪問するには、ふさわしくない派手な色のスーツを着た女性リポーターが、校門を潜《くぐ》った。

放課後なのか、リポーターの横を、ランドセルを背負った児童らが通り抜けて行く。

校舎に入ったリポーターは、六年一組の教室の前に立った。

「こちらが、少年のいる六年一組の教室です。つい、一〇分ほど前に授業は終わったのですが、このクラスの児童は、皆残って何か作業をしているようですね。では、お邪魔します」

カメラが教室内を映すと、児童たちが大きな声で「こんにちは！」と挨拶《あいさつ》した。

リポーターが、担任の女性教諭にマイクを向けている。

「皆さんは、何を作っているんですか」

「私たちの学校では、校区内にある芦原湖の自然を守る活動を続けているのですが、多くの方に関心を持って戴こうと、ポスターやチラシを製作しています」

六年一組には、総勢三二人の児童がいる。それが五つの班に分かれて、作業を分担しているというリポートがなされた後、「では、その活動のリーダーに登場してもらいましょう。南方誉君！」

「はい」という歯切れの良い声と共に、一人の少年が手を挙げてカメラに近づいてきた。

「はじめまして、リポーターの郷《ごう》すみれです。今日、ここにお邪魔したのは、先日、地元で開かれた岳見総理の施政報告会で、南方誉君が、芦原湖周辺の環境保全を総理に訴えたと聞いたからなんですが、それは本当ですか」

「ええ。総理が、米国航空宇宙局《NASA》と日本宇宙科学開発機構《JASDA》の共同で、大きな研究所を諏訪に建設すると聞きました。その場所が、僕らが里山運動をしている芦原湖だと聞いて、里山を壊さないでとお願いしました」

「なるほどなるほど。ちなみに里山ってなんですか」

「人と自然の共生の場、そして生物多様性を守るための大切な場所のことです」

もう一人女子児童が助《すけ》っ人《と》に登場し、手描きのイラストを見せた。まるで昔ばなしの舞台のような風景を見事に描いている。

「それも、総理に説明したんですよね」

聡明《そうめい》な目をした少年が「はい」と礼儀正しく答えた。

「それで、総理は何て？」

「その場では何も。その代わり、後で、記者さんたちの前で、里山を守ると約束してくださいました」

「そっかあ。でもね、実は、総理はさらにその後、自分のお友達の前で違うことを言ったんだよ」

「知っています」

「そっ！　酷いよねえ。それを聞いた時の気持ちは？」

テレビの前にいた南方建克は居たたまれなくなって、リモコンを手にした。その時、誉が口を開いた。

「僕には答えられません」

「それぐらいショックだったんですね」

「いえ、そうじゃないんです。僕は、ちゃんと自分で確かめるまでは、本当のことは分からないと、父から教わりました。だから、週刊誌の記事が本当かどうか、自分で確かめるまでは、何も言いたくありません」

「でかした、誉！」

そこで、建克はテレビの電源を切り、「週刊文潮」を手に取った。

一体、誰がこんな酷い記事を書いたのだ。

南方家は代々、大堀家から輩出する政治家の後援会長を務めている関係で、岳見家とは一定の距離を置く関係だが、それでも岳見総理のことは子どもの頃からよく知っている。昔から、軽薄でお調子者という印象しかない。実際、あの男なら、記事にあるようなバカな発言もしそうだ。

問題なのは、小学六年生の誉が不慣れな場所で真摯《しんし》に問題提起したというのに、そのことは放ったらかして、面白半分に雑誌や各局のワイドショーが、誉を追いかけ回していることだ。

そんな輩《やから》は追っ払えばいいものを、誉は大抵、生真面目に応対しているらしい。

両親は、何をしてるんだ。息子の建信《たけのぶ》を呼びつけて、父親として誉を守れと言ってやろうかとも思うのだが、同じ諏訪に住みながら、息子とは五年以上、まともに口をきいていない。

原因は、全て自分にあると、建克は自覚している。

五人姉弟《きょうだい》の末っ子であった建信は、誉と同じく神童だった。勉強もスポーツもよくできた。そして子どもの頃から、「納得できない時は、納得いくまで引き下がるな。どれほど強い相手でも、一歩も引き下がるな」と厳しく教えてきた。

だから建信は、大人に対しても堂々と議論を挑み、筋を通した。また、人望も厚く、どんな時もリーダーだった。

将来は長野県知事か国会議員になるのではと、建克は期待した。

息子が東大法学部を優秀な成績で卒業した時、建克は海外留学を強く勧めた。広い視野を得て、より精神的に逞《たくま》しくなって欲しかったからだ。

だが、建信は父に相談もなく、環境庁に入庁してしまう。

大蔵省や外務省ならともかく、環境庁なんてエリートが行くところではない！　そう激怒する建克に、「これからの日本で一番重要なのは、地球との共生なんだ。だから環境庁がしっかりしないと。それに、諏訪の素晴らしさを、未来に残したいんだ」と言って、息子は聞く耳を持たなかった。

入庁後すぐに、彼は若手の期待の星として、局長や歴代の大臣にも一目置かれる存在となった。

環境省に南方あり、とまで言われるようになったと、霞《かすみ》が関《せき》事情を知る複数の知人から教わった。

建克は、己の狭量を恥じた。そして、以前にも増して息子の行動に注目した。

そんな時、建信に不運が巡ってくる。

内閣改造で抜擢《ばってき》された女性大臣が推し進める〝生物多様性保全プロジェクト〟の担当になったのが運のツキだった。事業が軌道に乗り始めたところで首相が交代、プロジェクトの中止が決定する。だが建信は無視してプロジェクトを実現しようとした挙げ句、総理の逆鱗《げきりん》に触れて、閑職に追いやられてしまったのだ。

その上、汚職疑惑まで持ち上がり、遂には環境省を辞職、追われるように諏訪に戻ってきた。

建克は自身がオーナーを務める精密機械部品メーカーに特別研究員として受け入れるつもりだった。

ところが、なぜか建信は実家に寄りつかず、民間の自然公園のスタッフとして働き始めて、父との接点を断ってしまった。

息子の〝事件〟について、建克は知り合いの政治家を通じて調べた。すると、生来の正義感が禍《わざわい》した挙げ句の左遷と濡《ぬ》れ衣《ぎぬ》だと判明した。

いわば、建克の教育が元凶ともいえる。無論、建信とて当時四〇歳近い年齢だったのだから今さら建克が気に病む必要はないと思うのだが、息子の変貌ぶりを見ていると、建克は言いようのない罪悪感を覚えてしまうのだ。

とはいえ、誉の件について、放っておけない気もする。晴美さんに話してみようか。彼女なら、もう少し話しやすい。

建克は重い腰を上げて自室を出ると、旅館の帳場に顔を出した。

「晴美さんは？」

支配人を務める娘婿が、慌てて出迎えた。

「食堂じゃないですかね」

呼びに行こうとする娘婿を制して、建克は食堂に向かった。

食堂の引き戸を開けると、テレビの前で、晴美が昼食を摂っていた。

4

聖は、再び碓氷が咳払いするまで、「週刊文潮」の見出しを見つめていた。

「この少年が総理に立ち向かったのは、ママの薫陶のお陰なんですか」

「それは、知らない。だが、この子の祖父なら、よく知っている。あんたも、南方建克という名前ぐらい聞いたことがあるだろう」

何を言うにも横柄な男だな。

「生憎《あいにく》、不勉強で存じ上げません。どういう方です？」

「サザンクロス精工という精密機械部品メーカーを知っているかね」

「名前ぐらいは」

隣では、早速、碓氷がノートパソコンで検索している。

「その創業者だ。父の後援会長も務めてくれた下諏訪の名士の一人だ」

「『御宿　みなかた』のオーナーでもあるようですね」

碓氷が補足した。

つまり、打倒岳見に擁立したいと考えている若女将と大堀は、切っても切れない縁がある。

「ちなみに晴美さんのご主人は？」

「建信といって、今はウチのファミリー企業で働いている」

「具体的には何を？」

「諏訪湖の北東部に位置する八島《やしま》ヶ原《はら》湿原で自然公園を運営している。そこの、レンジャーみたいな仕事を任せている」

「御曹司なのに、ですか」

「父子で色々あってな。だが、晴美さんは舅《しゅうと》のお気に入りだし、下諏訪温泉協会で、インバウンド推進室長を務めている。地元では評判がいいよ」

その程度では、総理には勝てない。

「大堀先生が、南方晴美さんを岳見総理の対抗馬に立てたいというご意向は、建克さんには打診済みなんですか」

「いや、まだだ」

準備が何もできていないのに、これ見よがしに一億円の札束を積み上げるとは。俺を挑発しているのか、このオッサンは。

「地元の名士の一族が嫁の出馬なんて認めるんですかね」

「どうかな」

「建克さんは、大堀先生のお父様の後援会長を務められたとおっしゃいましたね。大堀先生の後援会には参加されていないんですか」

「名誉顧問を務めてくださっているが、うちの後援会の会長は、長男の建和《たけかず》さんだ」

南方家の皆様の名前は頭に「タケ」が付くようだ。だから、余計にこんがらがるのだ。

「南方家は、代々大堀家の後援会長をされているんでしょう？」

「その通り」

「じゃあ先生が、晴美さんの出馬を持ちかけたら、快諾するのでは？」

「そこが、なかなか問題でねえ」

こいつは、適当すぎる。本来なら、ここでゲーム・オーバーだ。そもそも国民の圧倒的な人気を誇る総理を、選挙で落とそうというのに、準備がほとんどできていない。その上、任期満了まで既に残り九ヶ月を切っている。

あるのは、ただ、見せ金の一億円だけ。

だが、俺にはカネが必要だ。

「当確師さん、さっきから、私を小馬鹿にした態度を取り続けているが、あんたは、カネさえ積めば、どんな相手でも当選させるという触れ込みだぞ」

「それは誇張ですな。私は負ける闘いをしないだけです」

「つまり、検察庁と同じってことか」

いきなり明後日《あさって》の方向に話が飛んだ。

「どういう意味です」

「あんたの当選確率は九九％以上なんだろ。それは、検察庁が被告を有罪にする確率と同じだ。それほど高い有罪率を検察庁が誇れるのは、少しでも無罪の可能性があれば、起訴すらしないからだ。あんたも、それと同じってことだな」

隣室で傍聴している高月千香《たかつきちか》からメッセージが来た。

〈大爆笑。このオヤジ、時々核心を突くｗｗ〉

頭の悪そうなリポーターの質問にも礼儀正しく答える息子を見て、晴美はテレビを消した。そろそろ止めさせないと。

5

そもそも誉が、総理の施政報告会に潜り込んでいたのすら、晴美は知らなかった。夫に聞くと、「僕も詳しくは知らないんだけど、ホマのクラスメイトの親に、岳見さんの後援会幹部がいて、頼んだらOKが出たそうだ」と曖昧《あいまい》な答えが返ってきた。

二度と政治には関わらない——それが夫婦のルールだったのに。

そして案の定、息子はメディアに追いかけられている。学校では、自粛するようにという声もあるようだが、担任がアンチ岳見のようで、校長に止められても無視しているというのだから、困ったものだ。

それに、誉だけではなく夫や晴美のプロフィールまで、洗いざらいSNSに晒《さら》されているのも迷惑だ。

「食後にコーヒーでも、どうだね？」

ランチのトレイの脇に、カップが置かれた。

「あっ、お義父《とう》さん。すみません！」

「いつも、こんな時刻がランチタイムなのかね」

午後二時過ぎだった。

「普段はもう少し早いんですが。外国からのお客様がいらして、昼過ぎまで、観光プランの相談を受けておりました」

「それはご苦労さま」

巌《いわお》のようなという表現がぴったりの険しい顔なのだが、義父は晴美には常に優しい。

義父は、晴美に断って正面に陣取った。

「晴美さんが、手伝ってくれて、建子《たけこ》も大助かりだよ」

「いえ。私はお義姉様《ねえさま》のようにはいきません。役に立ってるかどうかも怪しいものです」

「謙遜しなさんな」

晴美を、労《ねぎら》いに来たわけではないだろう。おそらくは、誉の件だ。

「誉は、元気にしているか」

「毎日、会ってらっしゃるじゃないですか」

誉は学校から戻る途中に、必ず「御宿　みなかた」に寄って、大好きな祖父に声をかける。

「ここ数日、あまりゆっくり話をしていないんだ」

「この雑誌のせいでホマはメディアに追いかけ回されていますからねぇ」

テーブルにあった「週刊文潮」を、義父に示した。

「そうだね。さっきもテレビに出ていたな」

「感心しませんか」

「どうだろう。晴美さんは、どう思っているんだね」

「私は、誉のやりたいようにやらせようかと」

「心配ではないのかな」

「とても心配です。テレビは怖いですものね」

「しかし、放任している」

「放任ではありません。建信さんと誉と三人で相談して決めました」

何事も民主的に。それが、我が家のやり方だ。

「だったら、爺《じじい》の出る幕はないな」

「いえ、お義父さん、本音を言えば、誉にはもうテレビのワイドショーなんかに出て欲しくないんです。だから、お義父さんも同じ思いでいらっしゃるなら、誉に言ってやって欲しいんです」

言ってしまった……。夫が一番嫌うやり方だ。しかし、メディアがもっとヒートアップすれば、皆が傷つく。自分はともかく、夫や息子が傷つくのは耐えられない。

「私に何を話して欲しいんだね」

「誉は、責任感の強い子です。また、芦原湖周辺の里山を守るのは、自分たちだという自負もあります。だから、多くの人に、その活動を応援して欲しいと考えています。でも、十二歳の少年が、自分の思い通りにメディアを操れるわけがない。いずれ、嫌な思いをします。母親としては、それは避けたい」

「だから、テレビに出るのは止めなさいと、私に言わせたいのかね」

晴美は、小さく頷《うなず》くのが精一杯だった。

私は、卑怯《ひきょう》だ。そこまで思うなら、晴美自身が断固たる決意で、息子と向き合えばいい。母の意見で行動を変えるような子ではないが、祖父から意見されたなら、それは受け入れる。

「意外だなあ。君が、一番誉の行動を応援していると思ったんだよ」

「私が、芦原湖の自然を守る会の世話人をしているのは、誉の暴走を監視したかったからです」

正しいと信じれば、誉はどこまでも突き進む。誰かに邪魔をされても、構わず突き進む。ある程度は、経験として必要ではあろう。しかし、正しさを訴えれば何でも打開できると勘違いしている誉の万能感だけは、警戒しなければならない。だから、近くで目を光らせるべく、世話人を引き受けたのだ。

「私が言ったところで、誉は活動を止めないだろう」

「里山を守る活動は続ければ良いと思いますが、小学生がメディアを使って、総理大臣に意見するなんて、おかしすぎます」

「正しい主張に、年齢は関係ない」

「おっしゃる通りです。でも、まだまだ未熟です」

「建信は、どう考えているんだね？」

「彼は、常に誉のやりたいようにやらせて、そこで傷ついたり、挫折した時に、手を差しのべてやればよいと」

「ところで、晴美さんは、岳見勇一という人物をどう思う？」

夫の前途を潰した張本人だ。

「あの方については話したくありません」

「そうだったね。私は彼を子どもの頃から知っている。あいつは、ずっとああやって狡賢《ずるがしこ》く立ち回り、目立つことばかりに熱心だった。そして、意に染まない相手は容赦なく叩《たた》く。誉が、もう少しメディアで注目されたり、世間にあの子を応援するムードが出てきたら、奴はどんな卑劣な手を使ってでも誉を潰しにくるはず。それが、心配なんだ」

6

「ところで、新垣副総理は、この件について、ご存知なのですか」

この調子じゃ、一億円の札束を手に入れるのは難しそうだと思いつつ、聖は尋ねた。

「まあね」

「つまり、この一件を承認されているという解釈でよろしいんですか」

「具体的な話は知らんよ。というより、お知らせしない方がいいだろう。一応、副総理なんだから。ただ、内々にお耳には入れている。あんたが依頼を引き受けてくれたら、詳しく話すつもりだよ」

「ぜひ、お聞かせ戴きたいんですが、副総理は、総理と上手《うま》くいっていないんですか」

「あの方は、必要とあらば、北朝鮮の総書記とでもハグできる度量をお持ちだ。それに、この計画は、副総理の意向を汲《く》んでやってるんじゃない。あくまで私の一存だ」

そうだろうな。あの寝業師が、こんな稚拙な謀議を許すはずがない。

「これは、私の副総理へのご恩返しだ。私のようなボンクラを八回も当選させてくださった。

あのバカ総理を引きずり下ろすぐらいしなければ、恩に報えない」

古風なおっさんだな。

「これはね、天に代わって不義を討つ行為だと考えてくれればいい。この週刊誌の記事のきっかけになったNASAとJASDAの共同研究所について、与党内、地元、さらには関係省庁の誰にも相談なく、勇一は独断で話を決めたんだ。最近、あのバカはそういう独断専行が多い。いずれ、大きな失敗をするに違いない。だから、一刻も早く、奴を政界から消し去らなければならない。つまり、私は命がけで刺客を務めるということだ」

大堀に指摘されるまでもなく、岳見総理の行動は目に余る。

週刊誌に「僕ちゃん総理」なんて軽薄なあだ名を付けられても、「ウケるなー」とはしゃぎ、つまらない民放のバラエティ番組に夫婦で喜んで出演する。さらには、思いつきで行動して、官僚や官邸スタッフが右往左往するのを楽しんでいる。

にもかかわらず、有権者には絶大な人気があるのだから、たちが悪い。

「しかし、大堀先生の政治家キャリアにピリオドを打ってまでやることですか」

「私は、所詮ボンクラの三世議員だ。それに私は種なしカボチャでな。甥《おい》っ子に期待したんだが、どうしようもないバカだ。その上、祖母の遺産が入って、カネが余ってる。ならば、最後に一度ぐらい、国のために尽くすべきだと思ってるんだ」

大堀の祖母が一一一歳で、今年二月に死去している。彼女は大変な資産家で総額一〇〇億円とも一五〇億円とも言われる財産の三分の一を、大堀は相続していた。

だから、一億円の札束をこれ見よがしに、俺の前に積み上げることなど朝飯前だ。喉から手が出るほど、カネが欲しい。それにこのカネは手付金だから、選挙に負けても返さなくていい。だが、相手が岳見勇一となると、当選確率九九％の当確師として、負けるわけにはいかない。

「私と勇一とは幼馴染みだ。奴のことなら、何でも知っている。このあたりで奴に引導を渡さないと、あのお調子者はこの国を売りかねない」

大堀家は諏訪地方屈指の名門だ。先祖は、長く諏訪大社の氏子大総代を務めたというから、まさに本物だった。明治維新以降は、国策である製糸業に乗り出して財を築き、戦後は、いち早く精密機械メーカーを立ち上げて成功する。

大堀家からは、政治家としても偉大なる人物が輩出している。祖父は、男爵として貴族院議員も務めた。目の前のデブの父・秀麿は、大蔵大臣などを歴任し、派閥の長だったこともある。

そして岳見家は、大堀家と並ぶ諏訪の名家で、この地の行政官として活躍した歴史を持つ。現総理の勇一の父親である勇太郎《ゆうたろう》が、学業に優れていたために大堀家の支援を受けて東大に進学し、外務省に入省後、政界に転じた。

政治的センスに恵まれた勇太郎は、政界でも異例の抜擢によって、重要閣僚の一人として国政に貢献した。大堀秀麿の後ろ盾があるのも大きかったようだ。

しかし、いよいよ総理の座が視野に入りかけた頃、交通事故で急逝。その三ヶ月後に、大堀秀麿も病死するが、奇《く》しくも彼らの息子は同時に、衆院選初出馬初当選を果たしたのだ。

「いやしくも一国の総理を、売国奴呼ばわりする根拠は何ですか」

「あの男の所行を見ていたら、根拠なんていくらでも挙げられるだろう」

だが、大堀の口から聞きたかった。

「近しい人にしか、分からないこともあるじゃないですか」

「さっきも言ったがNASAとJASDAの共同開発のための宇宙研究所だよ。勝手にこんな話を決めてきて、大成果だと喜んでいるが、どうやら大変危険な研究なので、アメリカが日本に押しつけたと聞いている。しかも、費用は全て日本の負担なんだ」

調査担当の碓氷は、ノートパソコンに向かって、黙々とキーボードを叩いている。

「なるほど。しかし、それはごく最近明らかになった話でしょう。総理を倒すという計画を思いつかれたのは、もっと早くからだったんじゃないですか」

大堀が目論《もくろ》んでいるのは、まさしく謀反である。しかも大堀は、総理と運命共同体を標《ひょう》榜《ぼう》している副総理の派閥に所属しているのだ。彼の行動は、派閥の長をも裏切る行為になる。

大堀は不満そうに腕組みをして黙り込んでいる。

テーブルに置いたスマートフォンがメール受信を告げたので、聖は受信画面を開いた。

隣室で傍聴している千香だ。

〈これかなあというネタが取れた。

岳見の姪《めい》と、このオヤジの甥で縁談があった。ところが見合いのその日に、甥が姪を無理やりFUCK！　したらしい。

警察沙汰にするのは両者が嫌ったが、大堀が政界から退《ひ》かないなら、甥の悪行をメディアにばらすと、岳見に脅されている。しかも、カネまでせびられている。

ちなみに、この甥は、女癖が悪くて有名。過去に何度も暴行事件をやらかして、そのたびに、伯父ちゃまがもみ消し。

この情報、まだ電子掲示板レベルのネタなので、詳細は碓氷先輩よろしく！

千香〉

「なるほど、甥御さんに問題があったんですな」

「なんだと！」

「甥御さんと総理の姪御さんの縁談が破談になったという情報を今、摑《つか》んだんです」

いきなり大きな握り拳《こぶし》がテーブルを叩いた。

「それは無関係だし、既に示談も済んでいる。私はおたくの基本料金の何倍もカネを弾むと言ってるんだ。ごたごた言わずに、この話、引き受けたらどうだ！」

他に選択肢はないか。

「前向きには考えましょう。但し、当方で少し調べさせてもらいます。その上で、お引き受けするかどうかを決めるというので、どうでしょう？」

「結構だ。一週間、猶予をやるよ」

大堀はそう言うと、高々と積み上げた札束の山から三束、テーブル中央に放り投げた。

「調査費だ」

7

有給休暇中の藤森の携帯電話に、支局長からのメールが入った。

〈今日の午後四時、本社に顔を出せ。報道部長がお呼びだ。理由は分かっていると思う。覚悟して行けよ〉

何の覚悟だ、くそったれ！

毒づきながら、藤森はベッドから這い出てシャワーを浴びた。

皺だらけのシャツを着て、自家用車に乗り込んだ。

寝坊したが、高速を飛ばせば、何とか間に合うかな。

二日酔いが抜けていないのが気になるが、構っていられなかった。

マリリン・マンソンのアルバムを大音量でかけて眠気と怖じ気《おけ》を吹き飛ばして、本社に到着したのは、午後三時五四分だった。

松本《まつもと》市に本社を置き、長野県内で二〇万部を発行している信濃新聞は、地方紙の雄として全国に名を轟《とどろ》かせる信濃毎日新聞のライバル紙として、長い歴史を刻んできた。

中でも、県下のニュースや、行政に対して鋭いメスを入れる切り口に定評があり、「融通の利かない硬派」と評されていた。

ところが、正論ばかり振りかざすあまり、広告収入が年々減少の一途を辿《たど》り、ついに一三年前、地元の観光開発会社・大町《おおまち》観光サービスへ身売りするに至った。

同社のオーナー大町展慶《のぶよし》が、信濃新聞の社主となったことで、社の方針は一変した。大町の娘・秋穂が、当時保守党のホープだった岳見勇一の妻だからだ。

地元でも有数の地主であるだけでなく、観光事業では、県内随一を誇るグループ会社から得た富を、大町は惜しげもなく娘婿に注いだ。

婿が政界で出世すれば、利権や名誉が転がり込んでくる。そこで資金提供のみならず、岳見を応援する新聞社《メディア》まで手に入れて、岳父として全面的に応援したのだ。

藤森が、信濃新聞に入社したのは一五年前のことだ。地方紙といえどもジャーナリズムを重んじる硬派の新聞社だと思っていたのに、気がつけば岳見勇一の御用新聞に成り下がっていた。

特に岳見勇一議員が総理大臣に就任してからは、大町の婿贔屓《びいき》が露骨になった。一面では常に、総理の活躍ぶりを報じ、さらに、二面三面で総理夫人の活動や地元に於ける総理後援会の活動なども詳細に伝えている。

多くの優秀な先輩たちが、上層部と闘って敗れ、社を去った。

だが、藤森自身はまだ「信新魂《しなしん》」なるものも会得しておらず、先輩たちが顔をしかめるほど岳見代議士に嫌悪感もなかったため、転職を考えなかった。

さらに、妻の美奈子《みなこ》が、大町観光サービスの社員だったこともあって、藤森は何の疑問もなく、信濃新聞の記者を続けてきた。

——だが、本当にそれでいいのか。

裏口から本社屋に入ると、口臭消しタブレット数粒を口に放り込んだ。

報道部長席は、空席だった。

隣席にいる部長秘書に「四時に来いと言われたんだけど」と告げると、応接室に案内された。

既に部長が待っていた。さらに、総務部長まで揃っている。

「ドアを閉めろ」と言われたが、座ってよいと言われなかったので、起立の姿勢で部長の指示を待った。

「呼ばれた理由は、分かるな」

「いえ」

いきなり脛《すね》を蹴られた。

痛くて、床にうずくまった。

「もう一度聞く。呼ばれた理由は分かるな？」

立ち上がってから答えた。

「いえ、全く」

今度は、もう一方の脛を蹴られて、あえなく横転した。そのまま、床に転がっていたら、雑誌で頭を殴られた。だが、うちの社では、これはパワハラと見なされない。

「『文潮』に出たこの記事は、おまえが書いたもんだろ」

「私の記事は、もう少し上品でした」

今度は腹を蹴られた。

「これって、パワハラである以上に、暴行事件だと思うんですが、総務部長は見て見ぬ振りですか」

「飛田《とびた》さん、そのあたりで」

総務部長に宥《なだ》められて、報道部長は藤森から離れた。

「辞表はいらない。おまえは、今ここで懲戒免職だ」

報道部長が、なおも全身から怒りをまき散らしながら言い放った。藤森は、総務部長を見上げた。

「この『週刊文潮』の記事はデスクが没にした君の原稿がベースであると、我々の調査で分かった。君は重大な機密保持違反を犯したために、懲戒免職処分となった」

総務部長が、文書を藤森の鼻先に突き出した。

「いいんですか。私を野に放って」

「なんだと！」

報道部長が立ち上がった。

「総理べったりのウチの体質を、『文潮』だけでなく、テレビや新聞にもぶちまけますよ」

「どうぞお好きに。但し、我が社の記者として知り得た情報を一言でも、他者に漏らした時は、覚悟したまえ。必ず告訴するから」

なぜだか、笑いが込み上げてきた。

「藤森、何がおかしい！」

「そりゃあ、笑っちゃいますよ。以前、不正を内部告発しようとした行員を脅した地銀幹部と全く同じセリフを総務部長がおっしゃったんですから。飛田さん、あなたを記者として尊敬していた自分を、今は恥じています」

捨てゼリフを残して応接室を出た瞬間、両肩が急に軽くなった気がした。

これで、俺はようやく息子に胸を張れる。

「遅まきながら、父さんは正義の味方に戻るぞ。もう、ごますりだなんて言わせないからな」

8

一六〇日前――

「子どもの願いを踏みにじる総理なんか、辞めてしまえ！」

「あんな総理は恥だ！」

諏訪市内にある岳見邸前で、「日本の原風景を守る会（Paysage de l'original société）」なる市民団体が、シュプレヒコールを上げている。

藤森は、異様な熱気の渦の中で取材していた。信濃新聞を免職された翌日から、「週刊文潮」の契約記者として、岳見ウォッチャーになった。

「ＰＯＳ」と称するこの市民団体は、フランスで環境保護や子どもたちの権利を訴えて、大統領に謝罪させたこともある実力派活動家ベルモンド・メリル・藍子《あいこ》の呼びかけで、三日前に設立された。

「私のことはメリルと呼んで」というベルモンド藍子の経歴は、藤森には華麗すぎた。

生粋の日本人だが、父親が外交官で、生まれはスウェーデンの首都ストックホルム。高校時代にパリに遊学、ソルボンヌ大学で政治学を修める。専攻は、環境政策だ。そして、世界的な環境ビジネス・コンサルタント会社に入社し、大きな成果を上げる。

三二歳で、ヨーロッパの不動産王のルイ・ベルモンドと結婚。現在は、東京に設立した「Beauté Japon／美・ジャポン」という日本の伝統文化を守るＮＧＯの代表を務めている。

藤森が、メリルを取材しているのは、「ＰＯＳ」発足時に、メリルが「週刊文潮」編集部に挨拶に来たからだ。

その時、「あの素晴らしいスクープを書いた記者に、ぜひ、私たちの最初の行動を取材して欲しい」と、編集長に訴えたという。

華麗なのは経歴だけではない。メリルは、日本人離れしたスタイルとフェロモンの持ち主でもある。それでグラビアの撮影を済ませてから、編集長は藤森派遣を確約した。

「藤森さんも、一緒に叫ばなきゃ」

エネルギッシュなメリルは、ショートカットの髪を振り乱し、叫び続けている。美人で華奢《きゃしゃ》な彼女には、テレビカメラが二台もへばりついて撮影している。いずれもが、彼女の特集番組のクルーだ。そのカメラに映りたくないので、極力目立たぬように控えていたのだが、

「それでは、現場の熱気を感じ取る取材なんてできないでしょ」とメリルに叱《しか》られた。

抗議行動をしている人の数は、約一〇〇人。その大半は、諏訪の土地とは縁もゆかりもない人たちだ。

なのに、まるで自分の故郷を陵辱されたかのような勢いで、怒りを爆発させている。

藤森もいい気味だとは思うが、いかんせんこの邸宅には、総理はおろか、夫人もいない。いるのは、岳見の実母と、使用人だけだ。総理に抗議したければ、田園調布《でんえんちょうふ》の自宅前でやるべきだ。

――いずれやるわよ。でも、まずは諏訪を聖地化したいの。そして、芦原湖へと転戦していく。

メリルのプランには、迷いがない。

昨夜遅くに諏訪市内のホテルで取材に応じたメリルが披露した「芦原湖　里山聖地化作戦」は、深謀遠慮の戦略に見えた。

それにしても、だ。俺はこういう活動をする連中が、どうも苦手だ。

自分たちの正しさだけを問答無用で押しつけてくる。他人の意見なんて聞く気もなく、相手を徹底的に罵倒し、打ちのめす。

こいつらにとって最重要なのは、自己の正当化であり、他者の制圧だ。

今日の抗議行動にしても、日本だけでなく欧米のメディアにも寄稿して、彼らの行動意義を大々的にアピールしている。

「十二歳の少年に理解できない政治など不毛。人間として最も聡明で無垢《むく》な時期である十二歳の少年の訴えを実現することこそが、「正義」という論調だ。

これを二週間にわたって、諏訪地方を中心に、総理ゆかりの地と大都市を巡って訴える。その後は、岳見が民主国家のトップとしていかに無能かを徹底的に攻撃するつもりらしい。

さらに第三弾として、総理夫人にも矛先を向ける。

そもそもパリに拠点を置き、ヨーロッパで運動を続けているメリルが、日本の総理を叩くのも、藤森には不可解だった。

――半年前から、夫と鎌倉《かまくら》に住んでいるのは、知っているでしょう。そこで私の中で眠っていた日本人の血が騒ぎ出した。だから、これは私の存在意義の目覚めなの。

本当に、それが理由だとしたら、ゴジラ級の迷惑女だった。しかし、こういう女を相手に、あのバカ総理がどういう闘いを挑むのかは見てみたくもある。

屋敷前の騒動に耐えかねたのか、男が勝手口から現れた。岳見の父の代から執事を務めている狩野正通《かのうまさみち》だ。

信濃新聞では岳見番だった藤森とは、旧知の間柄である。

彼の登場で、シュプレヒコールが止んだ。

「代表の方は、どなたでしょう」

狩野の声が響く。

「私よ。初めまして。『POS』こと、『日本の原風景を守る会』の代表を務めるベルモンド・メリル・藍子です」

群衆の間を通り抜けて、狩野の前に立ったメリルは手を差し出したが、狩野は頭を下げただけだ。

「大変恐縮でございますが、手前どもの主《あるじ》は、病に臥《ふ》せっております。どうか、お静かに願えませんか」

主とは、岳見の実母の寿子《ひさこ》のことだろう。

「それは、ご同情申し上げます。でも、お願いには添えません」

「なぜで、ございますか」

「内閣総理大臣は、公人です。その方の過ちを改めて戴きたくて、私たちは行動しています。お母様である寿子さんには、ご迷惑をおかけしますが、仮にも天下の総理大臣のお母様であるならば、国民の悲痛な叫びに耳を傾けるのは、義務でしょう」

とんでもない言いがかりだが、怒りを露《あら》わにするような態度を狩野は取らない。お説ご尤《もっと》もと言いたげに、何度も頷く。

「既に、皆様のおっしゃっておられることは、主の耳に、しっかり届いております。今日のところは、これでお引き取り戴けませんか」

「できない相談ですね。この抗議行動に異論がおありなら、岳見勇一総理を、ここに呼んで来てください」

参加者の間から「そうだ！　連れて来い！」という声が上がった。

暫しメリルを見つめた後、狩野は答えた。

「左様でございますか。では、そのように主に伝えます」

狩野は踵《きびす》を返して邸内に消えた。

「なんだ、あの態度は！　俺たちは無視か！」

群衆のボルテージが上がった。

岳見邸の大きな門を見つめていたメリルが「ハンドマイク！」と叫んだ。

助手が、ハンドマイクを渡す。

「皆さん、落ち着きましょう。私たちは、暴徒じゃない。だから、ご病気の方を怯《おび》えさせるつもりはありません。そこで、只今《ただいま》から、『ＰＯＳ』として、岳見勇一総理に、メッセージを送りたいと思います」

野次が止み、ハンドマイクのノイズだけが響く中、メリルはメッセージを読み上げた。

「岳見勇一総理、あなたは、地球上稀《まれ》に見る美意識と伝統を誇り、経済的にも大いに成功した日本国の代表者なのです。

にもかかわらず、未来のこの国を託すべき聡明な十二歳の少年の訴えを、無視するばかりか、彼に対して、大変失礼な言葉を発したことを、私たちは悲しく思っています。

総理大臣としてのみならず、二人のお子様の父として、そして、多くの人の模範となるべき大人として、少年に誠意を尽くしてお詫《わ》び戴きたくお願い申し上げます。そして日本の原風景である諏訪の芦原湖の貴重な里山を、大切に守ることを宣言してください。あなたの一挙手一投足を、世界中の賢者が見ています」

群衆から、拍手と歓声が上がると、メリルは封筒に文書を入れ、岳見邸のポストに入れた。

「今日は、これで引き上げましょう」

あちこちで解散という号令がかかると、集まった群衆は、緩やかに散会していった。

9

晴美は、群衆から少し離れた場所で、そのイベントを眺めていた。

「POS」代表の藍子と知り合ったのは、晴美が、東京で外資系の広報会社の日本法人に勤めていた時だから、もう七年も前になる。日本国内で企業の社会的責任が重視される中、環境団体や物言う投資家が関心を持つ社会問題のシンポジウムに、藍子を招いたのがきっかけだった。

年齢は、藍子の方が三つ下だったが、その舌鋒《ぜっぽう》の鋭さと、誰とでも仲良くなる社交性は、晴美にはないものだった。だが、それをうらやましいと思ったことはない。

それよりも、風のような軽やかな生き方に憧れた。そんな晴美を、藍子は、なぜか慕ってくれた。

とはいえ、今や思い出話の一つに過ぎない。だから、七年ぶりに突然電話があった時には、驚いた。しかも、誉の発言を支持すると言う。どうして、パリ郊外で暮らす藍子が、息子の事件を知っているのか。

すると、「彼《モンシエリ》が大の日本好きで、半年前から、鎌倉で暮らしているの」と言い、晴美もぜひ運動に参加すべきだと、説得された。もちろん「政治運動はしないと決めている」と言って断った。

その程度で諦めるはずがない藍子からは、その日以来、頻繁にメールが来ている。

そして今日、岳見総理の実家前で、「ＰＯＳ」がデモをすると知って、様子を見に来たのだ。

週刊誌やテレビのワイドショーの影響のせいか、予想以上に、人が集まっていた。

尤も、地元の知り合いは、誰もいないようだ。最近流行の、域外からの押しかけ運動なのだろう。

参加しなくて、良かった。

あの中にいれば、目敏《めざと》いメディアの餌食になった挙げ句、地元の誇りである総理に叛旗《はんき》を翻した裏切り者と糾弾されるだろう。

とはいえ、藍子のメッセージには、胸を打たれた。

特に「日本の原風景である諏訪の芦原湖の貴重な里山を、大切に守ることを宣言してください。あなたの一挙手一投足を、世界中の賢者が見ています」のくだりは、上手だなあと感心した。

藍子が散会を告げても、晴美は暫く観察を続けた。

この手の集会は、散会後の雰囲気で、本気度が分かる。本気で訴えたい自発的な参加者が多ければ、群衆はなかなかその場を立ち去らない。しかし、一種のイベントとして参加する者が多い場合、まるで祭りが終わった後のように、あっという間に人が散っていく。

果たして、藍子が集めた群衆は爽快な表情を浮かべて、岳見邸をさっさと後にした。

やはり、イベントだったようだ。

それを見切って帰ろうとした時に、呼び止められた。

「やっぱり、来てくれたのね！」

藍子が、こちらに向かって駆けて来た。嬉《うれ》しそうにハグする藍子は、七年前と少しも変わらなかった。

「単なる通りすがりだけど」

「ねえ、時間あるでしょ。ちょっと、お茶しましょうよ」

藍子を追いかけるように、テレビカメラや記者がついてきた。

「悪いけど、またにする。暫くいるんでしょ」

「そのつもりだけどね。じゃあ、あらためて連絡する」

藍子に、「ここに南方誉君のお母様がいます!」などと叫ばれでもしたら、どうしようかと思っていたので、ホッとした。

10
「なかなか度胸あるんですね」

駆け出すメリルに続こうとした藤森の前に、見知った顔が立ちはだかった。

信濃新聞の後輩・濱亜里彩《はまありさ》だった。

「こんなところで、何している。おまえんとこの新聞には、このイベントは載らない。取材するだけ無駄だろ」

「ご挨拶ですね。四日前まで、先輩が働いてた新聞社なんですけど」

切れ長の目が大きすぎるが、オヤジたちには絶大な人気を誇る亜里彩は、信濃新聞では上昇志向の強い記者だった。

記者になったのも目立てるからという理由だけで、ジャーナリズムには全く無関心、いずれ政界に打って出るのではとも噂《うわさ》されている。

「俺は、過去を振り返らない主義なんだ。それより、ここで何をしている？」

「もちろん、あのクソの取材ですよ。まあ、監視と言うべきかな」

なるほど、監視なら理解できる。

「県警担当は、そんな仕事まで押しつけられるのか」

「昨日付で、特報部に異動になりました。そして、栄えある岳見番に就任致しました」

つまり、俺の後釜か。

「それは、ご愁傷様」

「いえ、おめでとうと言ってください」

政界入りを狙っているのであれば、確かに良いポストかもしれない。

「それより、俺の取材の邪魔をするな」

「取材って？」

「企業秘密だ」

「大きいこと言っちゃってるけど、フリーランスなんでしょ。どうですか、私の仕事、手伝ってくれませんか？　先輩、岳見家の使用人とかに親しい人がいたでしょ。彼らからあれこれネタを取りたいんですが、どうも私は、そういう人たち、苦手で」

住む世界が違うとでも言いたいんだろうな。亜里彩は、県議会議長を務める大物県議の孫娘だ。両親も、県内の有力者として知られる。

「苦手を克服してこそ、記者だろ。せいぜい頑張れ」

その時、メリルが、女性と抱擁を交わしているのが視界に入った。

亜里彩を振り切って近づくと、メリルは女性から離れて、メディアに対応している。

藤森はその場を去ろうとする女性を追いかけた。

「すみません、南方さんですよね。少しお話を伺えませんか」

相手は足を止めようとしない。

藤森は仕方なく追い抜いて、立ちはだかった。間違いない。南方誉の母親だ。

「『週刊文潮』の藤森と申します」

するりと体をかわされた。

「これ以上つきまとうなら、警察を呼びます」

偶然だろうが、パトカーと覆面パトカーがサイレンを鳴らして坂を上ってきた。

藤森が躊躇《ちゆうちよ》している間に、南方晴美は坂を下っていった。

藤森は新聞記者時代に二度、晴美を取材している。

一度めは二年前で、地元長野県で活躍する女性にインタビューする「我がまちのヒロイン」という日曜版の連載企画だった。

芦原湖畔にある晴美の自宅で、下諏訪温泉協会のインバウンド推進室長として活躍する思いを聞いたのだ。明るく気さくな晴美は、留学経験もあるというセンスの良さと聡明さを感じさせた。

――里山保護って、ホタルの保護だけが目的じゃないんですよ。里山で人と自然が共生していけたら素晴らしいなって思うんです。ホタルはそのシンボルではありますが、我々の活動はただ自然を守るだけのものではない。農業や林業などもしっかり見直してこそ意味があるんです。

もう一度は、彼女の息子が、総理に里山保護を訴えた直後だ。

マスコミ各社が、自宅前に集結して、誉と両親のコメントを求めて粘っている時、晴美が一人で姿を見せた。

――折角、お集まり戴いたのですが、誉も私たちもお話しすることはございません。お引き取りください。

無表情に淡々と伝えて、晴美は頭を下げた。

彼女と親しいと称する地元テレビ局のキャスターが、「晴美さんのお気持ちだけでも、聞かせてくださいませんか」と粘った。

だが、彼女はもう一度頭を下げて、家の中に入ってしまった。丁寧ではあるが、メディアを突き放すだけの意志の強さを感じた。

そして今。藤森を見つめる目には、怒気が籠もっていた。

私は、あなたを許さない！

怒声を浴びせられるよりも明確に、そんな叫びを聞いた気がした。

＊

一気に坂を下った晴美は、路地に入ったところで立ち止まって、息を整えた。首筋や額に汗が浮かんでいた。

よりによって一番会いたくない記者に捕まるとは……。

藤森大《だい》、元信濃新聞記者。つい先日まで特報部に所属し岳見番を務めていた。施政報告会での誉の振る舞いを、信濃新聞で記事にしようとして叶わず、そこで、「週刊文潮」に記事を売り込んで、騒ぎを大きくした張本人だ。

二年前に「我がまちのヒロイン」で取材に来た時は、無難な地方記者という印象しかなかった。

そんな人物が、あんな大それた記事を書いたのかと、半信半疑だったが、藤森自身が『週刊文潮』の」と名乗ったのを聞いた。

信濃新聞を辞めたことには驚かないが、「週刊文潮」に転職したとは。

それは度胸からくるのか、鈍感力からくるのか。

いずれにしても、彼がこのまちで、なおも誉の発言に関連した取材をしている以上、南方家と夫、そして何より誉自身に「絶対に質問に答えないように」と釘を刺しておかなければ。

晴美が勤めていた外資系広報会社は、企業のイメージアップを提案するのが主な業務だったが、時々起きるクライアント企業の不祥事に際して、的確な対応をアドバイスする業務も請け負っていた。

晴美にも、そういう対応の経験がある。

週刊誌のターゲットにされたら、とにかく記者に会わないことが、重要だ。万が一、出くわした場合は、無言を貫く——それに尽きた。

取材に応じたら、一気に防御の扉をこじ開けられてしまう。あるいは、発言していないことまで勝手に書かれたりもする。

暢気《のんき》な夫や生真面目な誉にはキツく言い含めなければ。

パジェロミニに乗り込むと、晴美はハンドルに額を押しつけて、大きく深呼吸した。

暫く、家族三人で、旅にでも出ようか。

騒ぎが大きくなると、誉はじっとしていないだろう。さらに、夫の精神状態も心配だ。

いずれにしても、まずは義父に相談だ。

顔を上げると、藤森が近づいて来るのが見えた。

「まだ、いる！」

エンジンをかけると、走路の先に立つ藤森にも構わず、アクセルを踏んだ。

轢《ひ》かれそうになる寸前で、藤森は体をかわした。

11

「御宿　みなかた」の一室で聖は、「南方誉のすべてｖｏｌ．１」というタイトルがついた動画を見ていた。

「ちゃんと自分で確かめるまでは、本当のことは分からないと、父から教わりました。だから、週刊誌の記事が本当かどうか、僕が自分で確かめるまでは、何も言いたくないんです」

おバカなリポーターに、少年は正論を返した。

凄《すご》い子だな。まるで、俺の子どもの頃のようじゃないか。

問題は、いつまで社会の穢《けが》れから逃げ続けられるかだな。あるいは、それを撥《は》ねのけられるだけの強さが身につけばいいが。

いずれにしても、打倒総理のアイコンとしては、良い玉だ。

この子に被選挙権があったとしたら、俺が手を貸さなくても、勝てるかも知れない。

米国などでは、知事選挙に被選挙権の年齢制限がない州がある。二〇一七年には、カンザス州で一六歳が、一八年にはバーモント州で一四歳が、それぞれ立候補している。さすが民主主義の国アメリカと言いたいところだが、被選挙権では年齢制限がないのに、選挙権にはあるため、彼らを応援したいであろう一八歳未満は投票できない。

聖は、一昨日から下諏訪に乗り込んでいる。

碓氷が率いる調査チームは、精力的に長野四区を歩き、岳見の評判調査に加え、南方誉の母親、そして父親についてのヒアリングを進めている。

動画を見終わって千香に連絡すると、Skypeで話したいと言う。

接続すると、モヒカンの頭頂をピンク色に染めた千香が画面に現れた。

「今日は一段とファンキーだな、千香」

〈ファンキーじゃない。パンキッシュって言って〉

「どっちでも一緒だろ。で、何だ？」

〈ホマ君の人気調査の集計ができたから、スマホにデータ送った〉

一週間ほど前から南方誉の人気調査と、彼の主張についてのインターネット・アンケートを実施していた。

受信したデータを開く。

「ほお、思ったより、面白いデータだな」

回答者数は、一九万七〇〇〇人余りもある。そして、南方誉の主張を評価する人が、全体の七割を超えていた。

総理は謝るべきという回答も、六割八分余りに達している。

〈やっぱ、ホマ君、可愛《かわい》いし。だから、ファンが多いんだと思う。試しに、ホマ君ファンクラブってのを作ってみたんだけど、そっちも三日で会員が三万人を突破した〉

凄い破壊力だな。

〈一番面白かったのは、ホマ君に被選挙権があったら、投票すると答えた人が七八％もいたこと。ボス、なんとか選挙に出せないの？〉

「公選法を改正する時間はないからな。ホマ君が年齢詐称でもしない限り、無理だ」

衆議院議員の被選挙権は、満二五歳以上だ。誉は、その半分も生きていない。

〈それと、今日の『POS』の抗議行動の様子が、公式サイトに上がっている。なかなか出来が良い。あのおばちゃん、MC上手いわ。バカ総理は、反撃しないと苦しいな〉

奴が反論してくれたら、こちらの思う壺《つぼ》だ。

〈ところで、ボスは知っているかも知れないけど、『POS』の代表のメリルビッチと、晴美さんとは知り合いだよ〉

千香はベルモンド・メリル・藍子のことは、「ビッチ」と言うくせに、なぜか、南方晴美は、「晴美さん」と呼ぶ。理由を質すと、「誠実そうだから」と返された。

〈晴美さんが勤めていた広報会社が、メリルビッチを招いてシンポジウムをしていた。その時のスナップ写真に二人並んで笑顔の写真があった〉

「ツーショットの写真は、しっかり保存しておいてくれよ。それから晴美さんの独身時代の交友関係は調べがついたか?」

〈今日中には必ず。彼女、そっちに移住してから、昔の友人のほぼ全てと音信不通になっている〉

「なんでだろうな」

東京で暮らしていた頃の関係性を捨てて、諏訪に引っ込んだのか。

〈夫の建信君がお役所を辞めた理由と関係あるかも〉

「ホマ君の動画、感動ものだな」

〈でしょ。あの子、ほんとに良い子。悪い大人たちに、穢させたくない〉

千香は、ハッカーとしての腕は年々上昇しているが、精神年齢は、小学生と変わらない。だから、ホマ君に共感できるのだろう。

〈絶対彼を守ってあげて。いずれにしても、ホマ君ファンクラブの拡大に尽くす。以上〉

通信が切れたタイミングで、部屋の外で「失礼しまぁす」と女性の声がした。メタボ体型の聖だが、体型に似合わぬ敏捷《びんしょう》さでドアを開けた。

「ボンジュール、タッちゃん」

部屋の前で、いきなり強烈なハグが来た。

「ぼんじゅーる、ぼんじゅーる、メリル。また、きれいになったな」

聖は周囲を確認してから、抱きついたまま離れないメリルを部屋に連れ込んだ。

「私たちの第一歩、見てくれた?」

「いや、まだなんだ。でも、君のことだ。大成功だったんだろ」

総理に立ち向かう以上、やれることは何でもやると決めていた。

そこでメリルに、連絡を入れたのだ。

メリルと出会ったのは、聖がフランスの与党第一党の総裁選挙に出馬する人物の支援のために、パリに半年滞在していた時だった。助手にソルボンヌ大学の学生を募ったら、彼女が来たのだ。

助手としては最高に有能だった。頭脳明晰《めいせき》な上に、美貌とスタイルを上手に利用して、様々な情報を入手。最後は、聖も彼女に押し倒された。

そして、聖は依頼主を与党第一党の総裁に押し上げ、総裁はのちに、大統領の座をも手に入れた。

その縁で聖は、ソルボンヌ大学で選挙戦略についての特別講義を持つことになり、メリルが助手兼通訳を務めた。

公私に亘《わた》って二人の関係は良好だった。しかし、上昇志向の強いメリルは、自らのステップアップのために別れを切り出した。

それから、三年後だ。

当時、日本政界で頭角を現していた岳見について、メリルから問い合わせが来た。

彼女のフランス人の親友が自殺し、その原因が、岳見にあるという。親友は、東京藝術大学に留学中に、あるパーティで岳見と知り合う。二人は意気投合し、恋仲になる。親友は、岳見に妻子がいるのは知っていたが、気にもしなかったという。

だが、二人で設立した日仏文化交流団体の運営で、問題が起きた。岳見が紹介した事務局長が、多額の寄付金を横領しただけでなく、日仏の文化財を密かに売りさばいたのだという。

すぐに文化財は買い戻したが、そのために親友は莫大な借金を抱えた上に、団体も解散を余儀なくされた。

すると、岳見は「僕は、この問題には一切無関係」と親友を突き放し、挙げ句、入管に手を回して、親友を国外退去処分にした。

事実関係を調べて欲しいとメリルから依頼され、できる限りのことはやったが、成果は乏しかった。日仏文化交流団体が破綻した事実は摑めたが、岳見の関与を示すものは、紙片一枚すら見つけられなかったのだ。

週刊誌を動かせるだけのネタも摑めず、聖は諦めるようメリルを説得した。

パリから日本に飛んできて、聖にもう一度調査して欲しいとメリルは泣きついたが、それは彼女自身のためにもならないと止めた。

その時、大きな目を泣き腫らしたメリルが言ったのだ。

「タッちゃんが、岳見を潰したいと思った時には、私も参戦する。ゼッタイ忘れないでよ」と。

その機会がようやく訪れ、聖は早速、メリルに声をかけた。

彼女は即座に「ＰＯＳ」を立ち上げ、行動を開始したのだ。

ノートパソコンを取り出したメリルが、聖にディスプレイを向けた。

さっき千香が褒めた抗議活動の映像だ。確かによくできている。

「これを、YouTubeにも上げた。それから、世界中のメディアのお友達にもメールした。反響が楽しみよ」

聖は、用意していたものを思い出した。

シャンパーニュの宝石と呼ばれる逸品、「ルイナール」のブラン・ド・ブランを冷蔵庫から取り出して、抜栓した。

「私の好みを覚えていてくれたのね、タッちゃん」

メリルは嬉しそうにもう一度、聖に抱きついた。

二人で、乾杯した。

シャンパンへの賛辞が次々とメリルの口からこぼれ落ちて、瞬く間にグラスは空になった。

「それで、南方晴美だが。ツーショットは、撮ったんだろうな」

聖は二杯目を注ぎながら、本題に入った。

「当然でしょ」

ノートパソコンには、二人の美女が再会を喜んでいるカットが映し出されている。

メリルへの依頼はいくつかあった。その一つが、メリルの活動に南方晴美を引き込むことだった。政党に所属しない晴美に、「ＰＯＳ」という大きな後ろ盾があると、世間に訴えられるからだ。

「でもね、タッちゃん、晴美は政治には関わりたくないみたい。だから、選挙には出ないと思う」

「南方晴美が出馬したら、岳見に勝てると思うか」

「Je ne sais pas《分からないわ》。私には、日本人の政治感覚が全く理解できないから」

「君だって日本人だろ」

「時々、強く否定したくなる。日本人って、民主主義って言葉は大好きだけど、その意味が分かってない奴ばかりでしょ。岳見だって、分かってない。だから、晴美が岳見を倒せるかなんて分かるわけがない」

メリルの言うことは、正しい。

「君が出たらどうだろう？」

「岳見を潰すためなら何だってお手伝いするけど、くだらないジョークの相手はしたくない」

メリルは二杯目のシャンパンを飲み干すと、腰を上げた。

「なんだ、ゆっくりして行けよ」

「今日は帰る。まだまだ、運動にてこ入れが必要な時だから。明日は、芦原湖でイベントをする。里山の聖地に祭り上げる必要があるから。それに、確か晴美の自宅のそばでしょ」

さすがによく考えられている。

「地元民の参加は？」

「皆無に近いわね。やっぱり田舎《いなか》というのか、おらがまちの総理に楯突《たてつ》くなんてできないんじゃないの。本来は地元が盛り上がらなくちゃ意味ないんだけど」

「大堀のオヤジに頼んでみようか」

「サクラなら不要よ。かえって邪魔になる」

不意に何かを思い出したように、メリルが近づいて来た。そして、背伸びをして聖と唇を合わせてから、部屋を出ていった。

一人になると聖は、スマートフォンを手にして運転手兼助手の関口健司《せきぐちたけし》を呼んだ。

12

建克の運転手を務める延岡《のべおか》が、湿原の中に建つログハウスを指さした。

誉の父であり建克の息子である建信は、この公園のパークレンジャー主任を務めていた。

「あちらにいらっしゃるはずです、確かめて参りましょうか」

「いや、ここで待っていてくれ」

建克は車を降りると、ステッキを手に木道を歩いた。

麓《ふもと》では、菜の花が開いているが、この辺りはまだ、風が冷たかった。

諏訪湖の北東部に位置する八島ヶ原湿原の一角にある霧《きり》ヶ峰《みね》・杜《もり》のワンダーランドは、広大な敷地で、諏訪の大自然を楽しみながら、様々なアトラクションや体験学習ができる自然公園だ。

この一帯の山林を保有している大堀家が、一三年前にオープンし、現在も細々とではあるが、観光客を集めている。

「こんにちは！」

顔見知りの女性スタッフが挨拶してくれた。

「やあ。主任の南方は、事務所にいるかね」

「いると思います。呼びましょうか」

「いや、大丈夫だ。今日は良い天気になったね」

「本当に。もうすぐ、花ざかりの季節です」

レンジャーは、笑顔で敬礼してくれた。

少し息が上がりかけたところで、ログハウスに辿り着いた。厳密には、第三ベースキャンプと呼ぶらしい。ハウス内にはカフェと、一帯に生息する動植物を映像で紹介するミュージアムがあった。

「失礼するよ」

「父さん、急にどうしたんです」

客がいないカフェの片隅で、建信はノートパソコンを開いていた。

「ちょっと、近くに用があってね。少し、話せるか」

息子は頷くと、作業の手を止めて立ち上がった。

「コーヒーでいいですか？　甘酒もありますけど」

ここの甘酒は最悪だという噂を思い出して、コーヒーを選んだ。

「ちょっと待っていてください」

厨房《ちゆうぼう》に引っ込むと、息子はマグカップを二つ手にして戻ってきた。

「サンルームに行きましょう」

椅子を移動して、二人並んで窓に向かって座った。

息子と目を合わさないで済むのは好都合だった。

コーヒーはおいしくなかったが、温かいだけでありがたかった。

「お口に合いませんか」

「贅沢《ぜいたく》は言わんよ。それより、最近、誉と話をしたかね」

「毎日色々と話をしていますよ」

「じゃあ、例の騒動についても？」

「騒動って？　総理と対決した件ですか」

「テレビのワイドショーや週刊誌が、面白おかしく取り上げている」

「そうみたいですね。でも、あの子は気にしていませんよ」

各テーブルの上には、高原の野鳥や小動物を観察できるように双眼鏡が置いてある。

建信は会話の傍らにそれを手にして、森を見ている。

「建信、悪いが真剣に、私の話を聞いてくれないか」

「ああ、失礼しました」と言って双眼鏡をテーブルに戻し、息子は建克の方を向いた。

「父さんや姉貴たちに心配をかけて申し訳なく思っています。でも、メディアへの対応は晴美がしっかりやってくれています。それに知らない大人に何を聞かれても答えるなと、誉には注意しています」

「誉は、何と？」

「分かってくれたみたいですよ」

どこか他人事《ひとごと》のように話すのが気に入らなかった。

「おまえは、誉の訴えについてどう思っているんだね」

「そうですねえ。まっとうな訴えだとは思います。でも、正しいことを言えば、皆が共感してくれると思っている甘さがある。また、立場や場所を弁《わきま》えないというのも、十二歳ですから仕方ないでしょう。父さんが、どれぐらい誉のことを愛し、気にかけてくださっているのかは、理解しているつもりです。でも、我々大人は、暫くは静かに見守るべきでは？」

「じゃあ、いざという時は、身を挺《てい》して守ってやって欲しい」

冷たく突き放したような視線をぶつけられた。

だが、結局息子は、答えなかった。

13

確かなハンドルさばきで、関口健司は峠道を抜けた。

「いいとこっすねえ」

「下諏訪が？　田舎じゃないか、おまえの故郷と同じだろ」

碓氷が上げてきた報告書を読みながら、聖は尋ねた。

「ウチは、どこにでもある田舎ですけど、ここは開けてる感じがしますよ。なんてったって、神様のまちっすからねえ」

つまらん回答を聞いて、思わず運転席のシートを蹴った。

健司は、漠然としたイメージで、対象を評価する。一般人代表の意見としては参考になるが、あまりに適当過ぎて腹が立った。

「神様のまちを、定義してみろ」

「えっ、まじっすか」

もう一度、蹴った。運転席でうめき声があがった。

「あの、これってパワハラですよ」

「俺はエコノミークラス症候群防止のために、脚の屈伸運動をしているだけだ。そんなことは、どうでもいい。定義だ、定義」

健司は、暫く考え込んだ後、答えた。

「ここは諏訪大社の城下町なんでしょ。だから、神様のまちでいいじゃないっすか」

「バカ。城下町じゃなく、門前町だ。神社の場合、鳥居前町とも言う。一度しか言わないから、よく覚えておけ。諏訪一帯が、神のまちと言われるのは、『古事記《こじき》』や『先代旧事本紀《せんだいくじほんぎ》』に登場する諏訪大社があるからだ」

「まだ続きがある。その昔、天照大御神《あまてらすおおみかみ》の孫・邇邇芸命《ににぎのみこと》の降臨に先立ち、建御雷神《たけみかづちのかみ》が大国主命《おおくにぬしのみこと》に国譲りを迫ったとされる。つまり、それまで大国主命一族が統治していた日本を、天照大御神一族に譲れと図々しく求めたわけだ。するとと大国主の息子の建御名方神が『ふざけんな！』と激怒し、建御雷神と一戦交えたが、敗北。出雲《いずも》から逃げて辿り着いたのが、諏訪だった。そして、天照一族に忠誠を誓い、一生、ここから出ないと誓った場所なんだ」

「なあるほど」

「てことは、負け犬ちゃんが諏訪に引きこもっただけじゃないですか」

思いっきりシートを蹴ってやった。

「諏訪地方では、別の説がある。建御名方神は逃亡した敗者ではなく、諏訪地方の神々を征服した立派な神だという英雄譚《たん》だ。いずれにしても、諏訪大社は古くから軍神を祀る社として、崇《あが》められている。平安時代、蝦夷《えみし》征伐の際に坂上田村麻呂《さかのうえのたむらまろ》が戦勝祈願したり、源頼朝《みなもとのよりとも》や武田信玄《たけだしんげん》らも、大社を大切に守ってきた。そういう場所だから、神のまちなんだよ」

「なるほど。それにしても、ボスって時々すごいっすよね。選挙と女にしか興味ないのかと思っていると、専門家みたいに知ってたりする」

選挙には、各地域ならではの独特の風土や価値観が影響を及ぼす。それを見落とすと、思わぬ敗北を喫することがある。

「あの、さっき出雲から逃げてきたって言ってた神様って、総理の家や誉君の家と関係あるんすか」

めげない男が、果敢に尋ねてきた。

「大国主の息子の名前って、タケミナカタなんちゃらでしょ」

「建御名方神だ」

「岳見と南方という名が入ってますよね」

「ほお、小僧。おまえは、時々面白いことに気づくな。なるほど、確かに建御名方神の名前は、岳見と南方の名を含んでいる」

実際、総理の方は、「うちは、諏訪の神様の末裔《まつえい》なんだよねえ」と発言している。

だが南方家側には、そんな記録はない。

14

「そうか、帰ったか。ご苦労さん」

首相官邸の内廊下で、政務秘書官の塩釜《しおがま》昭三朗《しょうざぶろう》は携帯電話を切ると、踵を返して喫煙室に向かった。

一服しないと、やってられないな。

電話は、岳見の実家を預かる執事・狩野からだった。フランスかぶれの女性活動家によるデモの様子を伝えてきたのだ。

状況は、どんどん悪い方向に拡大している。

たかだか小学生一人の発言だったのに、その対応を間違えたばっかりに……。そもそもなぜ、あの場に南方の孫がいたのか。

下諏訪の後援会長に探らせているが、孫の発言の背後に、南方建克の影は見えない。後援会幹部の身内から、地元の子どもたちの訴えを、総理に聞いて欲しいという要望が出たので、施政報告会開催直前に、小学生代表を質疑応答者に入れただけの話だという。

その結果、よりによって岳見のライバルである大堀秀一側の小学生によって、総理の鈍さ加減を晒されてしまったわけだ。

俺も、行くべきだった。かえすがえすも悔やまれる。

塩釜は、岳見総理の父親・勇太郎が代議士だった時から、秘書として仕えてきた。

勇太郎についていた時は、まだ中堅で、凄腕の先輩秘書が二人もいた。ある日、勇太郎から強く懇請されて勇一の秘書となった。

勇一は、政治家の家族に一人はいる、手の付けられないいわゆるドラ息子だった。米国への留学に失敗し、映画制作や外国からミュージシャンを招聘《しょうへい》するビジネスに夢中だった。そのビジネスのために父親の後援会のカネを無断流用し、週刊誌ネタになりかけたこともあった。

三男で代議士になる予定はないにもかかわらず、お目付け役として秘書をつけることになった。そして、既に何度か勇一のトラブル処理の経験があった塩釜が派遣された。

勇一は少年のような幼さと無邪気さで、すぐに女性関係や金銭トラブルに巻き込まれる。塩釜は、何度も尻ぬぐいに奔走した。

そのたびに、勇一はいかにも神妙に、塩釜に謝るのだ。

――僕は、自分勝手なことばかりする大バカ者だよ。でも、まさかこんなことになるとは思わなかったんだ。ごめんね、昭ちゃん。

だが、そういうことを何度も繰り返す勇一を見て、やがて塩釜は、この男はまるで悪魔だと理解するようになった。

もう、この男に入れ込むのはやめようと思った。代議士秘書の鉄則は、命がけで主に惚《ほ》れ込み、全身全霊を捧げるというものだ。しかし、勇一にはその価値がないと判断した。

そんな矢先、長兄の勇大《ゆうた》が、スキルス胃がんで急死する。

次兄の勇次《ゆうじ》は早くからスイスで原子物理学の研究をしていて、政治に全く関心がなかった。致し方なく、勇太郎は勇一を後継者に指名し、政治家修業を命じたのだ。

洒落者《しゃれもの》の社交家で、誰にでも好かれる勇一は、政治家向きではあるが、この男には、誠がない。

代議士として、支援者の期待を裏切らないという誠意を持つことは、とても大切だ。だが、勇一は、平気で嘘をつき、人を裏切っても何の痛痒《つうよう》も感じない男だった。

そんな三流の男を、将来の総理候補とまで目されていた人物の後継者に据えていいのか。

塩釜は、勇太郎の筆頭秘書に懸念を告げた。

――安心しろ。あんなやんちゃをしていても、国会議員というバッジの重さが、勇一ちゃんを男にする。俺は、政治家には華と色気が必要だと思っている。勇一ちゃんは、その両方を持っている。信じてお仕えしろ。

人生の師でもある先輩秘書のその言葉で、塩釜は腹を括《くく》った。

そして、勇一が父親の鞄持ちを始めて三ヶ月後、今度は勇太郎が不慮の事故で急逝する。

勇一は、参列者全員が号泣するほどの感動的な弔辞を読み、父の跡を襲って国会議員となった。

先輩秘書の予言通り、勇一は持ち前の資質で、あっという間に政治家双六《すごろく》を駆け上がり、気がつけば、総理大臣になっていた。

永田町《ながたちょう》に棲息《せいそく》する秘書としては、仕える主を総理の座に押し上げることが、最大の目標だった。それは、秘書にとっての大きな勲章でもある。

しかし、総理就任と同時に、勇一の傍若無人ぶりに、磨きがかかった。おかげで、塩釜は、一日たりとも安眠できなくなってしまった。

とはいえ、五年経《た》った今でも、国民から高い支持を得ているのだから、やはり岳見勇一は、大物政治家なのかもしれない。

「塩釜さん、総理がお呼びです」

アシスタントの寺原《てらはら》が、声をかけてきた。

寺原は三ヶ月前に、内閣情報調査室から借り受けた。警察庁が派遣してきた前任者は、頭の中まで筋肉のような男で、融通が全く利かず更迭したのだ。

もう少しインテリジェンスの意味を理解した上で、時には総理のために手を汚すことも厭《いと》わない男が欲しかった。

まだ、半分も吸っていないタバコを消して、喫煙室を出た。

「メリルのデモはどうだ？」

「特にTwitterとＬＩＮＥの反響が大きいですね。ただ、新聞などの扱いは毎朝《まいちょう》新聞が、オンラインニュースで大きく掲載している程度です」

「『文潮』は？」

「『週刊文潮』の契約記者が、デモの取材に来ていたと信濃新聞から連絡がありました」

塩釜は、廊下を歩く足を止めた。

「なあ寺原、何度言ったら覚えるんだ。相手の氏名はちゃんと伝えろ。『週刊文潮』の契約記者と、その情報をもたらした信濃新聞の記者の名は？」

内調にいただけに情報収集力に期待したが、このザマか。

「失礼しました。『文潮』は、元信濃新聞記者の藤森です。それを伝えてきたのは、特報部の濱とかいう生意気な女でした」

藤森大は「文潮」に移ったのか。

「とにかく、藤森を排除する方法を考えてくれ」

「わかりました」

「信濃新聞の濱亜里彩は、使いようによっては、素晴らしい情報源になる。あの子は、代議士志望だ。総理に恩を売れば、夢の実現も遠くないとでも囁《ささや》いてやれ」

「私がですか」

「総理秘書官室から直接連絡が来れば、本人は舞い上がるだろ。こういう話は当人に、ダイレクトに告げる。それが、相手を引き込む極意だ」

「勉強になります」

「ところで、総理は、俺に何の用だ？」

執務室の前で、塩釜は尋ねた。

「とにかく、呼んできてぇ、とおっしゃってます」

15

その湖面は、紺碧《こんぺき》に輝いていた。

写真で見るより、はるかに美しい。聖は暫し、景色に見とれていた。

「僕も最近、勉強したんですけど、このあたりは北アルプスの伏流水が湧き出ていて、春になると、南斜面にある棚田の用水路に水を流して田植えの準備を始めるそうです」

並んで立つ健司も目を細めている。

「誉君の家はどこだ？」

聖は、高倍率の双眼鏡を覗《のぞ》いていた。

「左手の奥の方です。ここからは見えませんが。家の前まで車で行けますよ」

「いや、歩く。おまえは、周辺の写真を撮っておけ。それと、俺と誉君や母親を絡めた写真もな」

健司は、南方家がある方向とは、反対に歩き始めた。

健司は、望遠レンズが付いた一眼レフを持っている。そして、二人揃《そろ》ってバードウォッチャーを装っている。

車のエンジン音が、のどかな春の気分を破った。振り返ると、ワゴン車が次々と駐車場に停まり、テレビカメラを担いだクルーとマイクを持ったリポーターが降りてきた。さらにタクシーが数台続き、今度はスチルカメラマンとスーツ姿の男女が現れた。

総理でも来るのかと、駐車場に至る坂道を見やると一台のマイクロバスが上ってきた。

バスの側面には、芦原湖の自然を守る会、と鮮やかなブルーで書かれていた。

最初にバスを降りてきた女性に見覚えがあった。誉のクラス担任だったはずだ。

なるほど、誉君のお出ましか。

早速の幸運に聖は、集まった記者たちに紛れ込んだ。

子どもたちがバスを降りてきた。

リポーターの一人が、「皆さん、ご苦労様！」と声をかけると、子どもたちは皆、笑顔で挨拶を返してくる。

最後に小柄な老人と一緒に、目当ての少年が姿を見せた。

「誉君！　こんにちは。今日の目的は何ですか」

「そこのお姉ちゃん、ルールを守れ」

誉に寄り添うように立つ老人が、強い口調で返してリポーターを睨《にら》みつけた。

「じゃあ、葛城《かつらぎ》先生、代わりに答えてくださいよ」

葛城という名を聞いて、男の身元が分かった。信州大学農学部名誉教授の葛城尊彦《たかひこ》だ。里山研究の権威で、芦原湖周辺の里山の保存活動にも熱心な、誉に少なからず影響を与えている人物、と言われていた。

「今日は、環境変化と水棲生物の調査だよ。ついてくるなよ」

釘を刺されても、複数の記者やテレビクルーが後を追った。

「相済みませんが、メディアの方はここまでで、お願いします」

マイクロバスの運転手とおぼしき人物が、両手を広げて阻止した。

抗議する記者がいないところを見ると、相当厳格な報道協定を結んだのだろう。

子どもたちが進む先を見ると、健司がカメラを構えて撮影している。

うちのカメラマンは、なかなか優秀だ。

聖は、たむろしている記者の会話が聞こえる距離までさりげなく近づいた。

「フランスの活動家の今朝のデモは、どんな扱いをするんだ？」

電子タバコをくわえた男がつぶやいている。

「ウチは、無視みたい」

女性記者が顔をしかめながら言った。

「弊社は、夕刊のトップを張りますよ」

まだ、二〇代とおぼしき記者は、誇らしげだ。

「まあ、毎朝さんはそうだろうな。何しろアンチ岳見の急先鋒だから。それより、誉ウォッチはいつまで続けるんだ？」

「ウチは当分。僕はホマ担に、指名されましたから」

毎朝の若手みたいなのは、少数派のようだ。他社は、そろそろ店じまいすると言っている。

それは、聖的には嬉しくない状況だ。

「見れば見るほど、聡明な少年だなあ」

聖がつぶやくと、記者の視線が集まった。

「ファンクラブが立ち上がって三日で、会員数が三万人突破ってのも頷ける」

聖は聞こえよがしに言ってから、誉たちがいる湖岸に向かった。

「ちょっと、あんた。ここから先は取材禁止だ」

「私は単なるバードウォッチャーなんだ。行かせてもらうよ」

双眼鏡を見せると、運転手は疑《うたぐ》り深そうな目を向けつつも、通行を認めた。

すぐに子どもたちに追いついた。驚いたことに、健司は誉と葛城名誉教授と一緒に、湖面を見ている。

運転技術だけではなく、初対面の相手にさえ警戒心を抱かせないというのも、健司の希有《けう》な才能だった。

まあ、それだけ人畜無害のアホに見えるってことだろうがな。

女子児童の輪の中に、女性教諭がいる。

「水を採取しているところをカメラで撮って。それから、サンプルにラベルを忘れずにね」

担任が子どもたちから離れたのを見て、聖は声をかけた。

「もしかして、小藤和歌子《こふじわかこ》先生ですか」

「そうですけど。あの、どちら様でしょうか？」

「いやいや失礼しました。実は、私は信州大学の佐田宗典《さだむねのり》教授の門下なんです。先日、佐田先生にお会いした時に、下諏訪で、児童に熱心に里山教育をされている方がいると聞いたものですから」

「えっ！　佐田ゼミの先輩ですか」

「ええ。小藤先生より、かなり年はいってますがね」

そう言って聖は名刺を差し出した。

「グローバル・ネイチャー財団専務理事　中村敏和《なかむらとしかず》」という名刺だった。

「グローバル・ネイチャー財団って、世界的な自然保護団体じゃないですか」

確かにそういう団体もある。だが、聖の名刺は、GLOBALではなく、GLOBALL、つまり、Lが一つ多い。ちなみに、中村敏和は、聖のペンネームの一つだった。

「ありがとうございます。こちらの活動を、恩師の佐田教授から伺いまして、我々としても何かご支援できないかと思いましてね。まずは、現地を視察しようとお邪魔したら、幸運にも小藤先生にお会いできた」

「そんな。私なんかに会っても、何のプラスにもなりませんよ。それよりぜひとも我らが小さなヒーロー南方誉君にも、話を聞いてみてください」

誉の積極的な発言を唆《そそのか》している張本人は、担任教諭であると、碓氷の報告にあった。

確かに、この女はお調子者で、自分が良いことをしていると悦に入っているのが見て取れる。

小藤が誉に声をかけた。

「誉君、グローバル・ネイチャー財団の専務理事をされている中村さんに、私たちの活動を説明してください」

しゃがみ込んで熱心に湖面を観察していた誉が立ち上がった。意志の強そうな瞳は、写真や映像以上に際立っている。

「やあ、初めまして。中村です」

「こんにちは、南方誉です」

声もいい。よく通るし、滑舌もいい。

この子を候補に立てられないのがかえすがえすも残念だ。

「フィールドワークのお邪魔をしたくないので、今日はご挨拶だけで失礼するんだが、一つだけ聞かせてくれないか。南方君が、芦原湖の自然を守りたいと思っている理由は何だね？」

「自然を守りたいというような偉そうな気持ちはありません。僕らは、芦原湖や諏訪の様々な自然の恵みのお陰で生きています。だから、これからもずっと自然と仲良く暮らせるようにしたいんです」

ああ、本当に残念だ。

この子を候補者に立てたい。

16

晴美が「御宿　みなかた」に立ち寄ると、義姉の建子から「お客さんが、お待ちかねよ」と声をかけられた。

「どなたですか」

「えっと、メリルさんとかいう人。フランス人だっておっしゃってた。どう見ても生粋の日本人に見えるけどね」

そんな約束はなかったのに？　晴美の予定や気持ちなんてお構いなしってわけか。かといって追い返せる相手ではない。

「『山茶花《さざんか》』にいらっしゃるから。五泊してくださるそうよ」

ますます気が滅入《めい》ったが、晴美は義姉に礼を言って部屋に向かった。

「山茶花」は、四階にある露天風呂付きの特別室だった。

「失礼します。お待たせして、ごめんなさい」

挨拶すると、藍子は嬉しそうに迎え入れた。

「私が勝手に押し掛けてきちゃったんだから、謝るのは私の方よ。一度、ここに泊まってみたかったの。それで、飛び込みでお邪魔したら、一番良いお部屋が空いているって聞いて。で、お世話になることにしたの」

晴美は微笑《ほほえ》むしかなかった。

「お茶を淹《い》れるわね」

招かれざる相手であっても、客には変わりない。

「やっぱり、おいしいなあ。パリに帰る時、いつも最高級の玉露を持って帰るのに、全然おいしくないの。軟水のミネラルウォーターで淹れてるんだけどダメ。でも、日本で飲むとお煎茶でもおいしい」

「日本茶をおいしく戴くには、産地の水で淹れるのが一番だって聞いたわ」

「ところであなたは、岳見総理をどのように評価しているの？」

いきなりド直球が来た。

「評価、だなんて」

「どうして。あなた、有権者でしょ。彼に投票したの？」

「それは言いたくない。けど、個人的な意見としては、今までにないタイプの総理だとは思う」

「だから？　彼を好き？　嫌い？」

「たとえ嫌いでも、政治家として国民生活に貢献してくれるなら、私は支持する」

「抽象論は、そこまで。あなたが、政治に関わりたくないのは理解しているつもり。でも、息子さんの発言によって、既にあなたたちは、政治に巻き込まれてしまった。だとすれば、旗幟《きし》を鮮明にしないと潰されるわよ」

「意味が分からない」

「あなたが、一番避けたいことが起きるという意味よ。すなわち、あなたの家族は、岳見派と反岳見派の両陣営から翻弄されるでしょうし、様々な圧力も受ける。メディアの取材も、まだまだ過熱するでしょう。家族のプライバシーは侵害され、海外に脱出でもしないと、まともな生活が送れなくなるかも知れない」

「心配してくれてありがとう。でも、私たちは、大丈夫」

「何が大丈夫なの？　岳見は卑劣な男よ。私の親友も酷い目に遭った。だから、あなたには、そういう目に遭って欲しくないの」

　やれやれ、強引だな。

「ねえ、藍子。長年パリで楽しく暮らしてきたあなたが、なぜ、急に日本の総理を気にするようになったの？」

「自分が愛国者だって気づいたの。外国で暮らしている方が、祖国のことが色々見えてくるものでしょ。私にもそれが起きた。日本の政治家や経営者はすっかりバカになって、日本特有の美に対するリスペクトを失ってしまった。それは、亡国の始まりよ」

藍子は、いつもこんな調子だった。たった一本の短い記事でも、「おかしい！」と思ったら、彼女は直ちに、真相解明に走る。そして最後には、必ずといっていいほど周囲の者を巻き込んでの大騒動に発展する。

思い込みが激しいのは、昔から変わらないな。

岳見総理に潰されると言うが、藍子に巻き込まれても、結局、潰されるだろう。

「美の崩壊と、岳見総理とどう繋がるの？」

「あいつこそ、日本の美意識を破壊する元凶でしょ。つまり、一番悪い奴よ」

世の中は、そんなに単純じゃないんだけどな。

「これを見て」

藍子がスマートフォンの画面を見せた。『ヒューロン湖で再び核汚染危機　ＮＡＳＡの探査機エンジン開発で』というショッキングな見出しの英文のニュースだった。記事によると、五大湖の一つであるヒューロン湖畔にある米国航空宇宙局《NASA》の研究所で、甚大なトラブルが頻発しているとある。同研究所は、ＮＡＳＡが計画する有人火星探査機に搭載するエンジンを開発している。そのエンジンは、原子力を動力源としており、事故が起きた時の危険性が高いため、開発は中断された。それが、二年前から再開されているという。

「岳見が、芦原湖近くに建設しようとしている日米共同の宇宙開発研究所は、このエンジンを完成させるためのものなの」

「そんなこと書いてないわよ」

記事には、事故が頻発するため、NASAが開発の中止を命じたとしか書いていない。

「当然でしょ。そんな事実が表に出たら、たちまち日本中から非難囂々《ひなんごうごう》で反対運動が起きるもの。でも、私はアメリカの宇宙開発のキーパーソンから直接聞いたのよ。日本に場所を移して、再度挑戦するんだって」

情報をもたらした人物は誰なのかと尋ねた。

「それは言えない。でも、NASAとの共同研究所建設について既に報道されているのに、具体的な研究テーマについては、何ひとつ発表されてない。それは、こういうヤバいものを持ってくるから」

「アメリカにとって重要な開発を、日本と共同で行うって変じゃない？」

「不測の事態が起きた時に、アメリカ国民には害が及ばないようにするためよ。それと、日本の技術に少しは期待しているのかも」

「それが本当なら、少なくとも総理は知っているわけでしょ」

「当たり前でしょう」

「なのに、そんな危険な施設を、自分の選挙区に誘致しようというの？」

「日本国内で、地方交付税交付金ゼロで自立している地方自治体には、共通項があるのを知ってる？」

話が突然飛んだ。これも、藍子の悪い癖だ。

「大半は、原発か基地があるの。この研究所を諏訪が受け入れたら、莫大な補助金が継続的に入ってくる」

環境より、カネが優先される——。

「岳見が躍起になっているのは、それだけじゃない」

藍子が不可解な笑みを浮かべた。

17

「昭ちゃんにちょっと頼みたいんだけど」

岳見が口を開いた。

総理の執務デスクの前に立った塩釜は、身構えた。執務室のドアを閉めて、岳見が話を切り出す時は、ろくでもない告白があるのだ。

「ちょっとこれ見てくれる？」

ノートパソコンを示されて、塩釜は画面を覗き込んだ。

ヒューロン湖で再び核汚染危機
NASAの探査機エンジン開発で

「この英語の記事が、何か」

「うん。アメリカが諏訪でやりたいのって、これだと思うんだよね」

「と、おっしゃいますと、この記事にある火星探査機用の原子力エンジンの研究施設を、諏訪に誘致されたということですか」

「そうなるのかなあ」

冗談だろ。日本国内では、原発の再稼働すらままならないというのに、原子力エンジンの研究施設なんて、国民が許すはずがないじゃないか。

「総理、そんな話は初めて伺います」

「あれ、言ってなかったっけ」

とぼけやがって。だから、わざわざ部屋を閉めきってこっそり話しているんだろうが。

「では、この施設を移転するというところまでは、既に了承済なんですね」

「ビミョーに違うんだな。アメリカの技術だけでは開発が難しく、日本の高度な技術者の助力を切望している案件があって、協力して欲しいって、アンジーは言っていた」

アンジーとは、現大統領であるアンジェラ・パーマーのことだ。

「その施設が、原子力エンジン開発のためのものというのは、ご存知ではなかったと？」

「いや、全く知らなかったわけじゃない」

「総理……」

「別に隠していたわけじゃないよ。でも、日米共同で火星探査機のエンジンが開発できるって、夢のような話じゃない？」

夢のような話ほど、怖いものはない。これまでも何度もそう忠告してきたのに……。

「諏訪に誘致した研究所は、この記事にあるヒューロン湖の施設が移転してくるということで、間違いないんですか」

「たぶん」

「パーマー大統領から、直接、原子力エンジンの研究施設だとお聞きになったのですか」

「どうかなあ。火星探査機のためのロケットエンジン開発の研究所って言われただけだったけど」

日米首脳会談が、ハワイで行われたのは、二ヶ月以上前だ。塩釜も同行し、公式非公式を含め、常に岳見に付き従っていた。だから、パーマー大統領との間で、研究施設の移転が話題になったことはない、と断言できた。

「先日、この施設の話は、パーマー大統領とチャットされたとおっしゃっていましたが、それは本当の話ですか」

「別にそれは、どうでもいいでしょ」

ワシントン・ポスト紙の記事を受けて、事実関係を質した時に、岳見はそう答えたのだ。あの時は、「まだ、詳細は聞いていないけどね」と言い訳していたが。

「本当は、どなたからの提案だったんですか」

塩釜の反応を推し量るように岳見が見ていた。

「最初に話が来たのは、間違いなくアンジーからなんだ。我が国で困っていることがあるんだけど、助けてくれないかと泣きつかれたんだよ。で、僕は喜んでと答えた。そうすると近々担当者を日本に行かせるから、一度晩ご飯でもつきあってあげて、と言われたんだ」

「パーマー大統領から、そのお願い事をされたのは、いつですか」

「ハワイから帰国する直前。アンジーがわざわざ空港まで見送りに来てくれたろ。その時」

あの時か。パーマー大統領の見送りは予定されていなかったが、首席補佐官から塩釜に直接連絡があって、「大統領が、どうしてもお見送りをしたいと言っているので実現したい」と頼まれた。

米国大統領が空港まで見送りに来るなんて滅多にないことなので、塩釜も舞い上がった。それで、油断してしまった。

「そういう重要な話を、どうして黙ってらっしゃったんですか」

「ちゃんと決まるまでは、二人の秘密にしておいて欲しいって、アンジーが言ったから」

ふざけやがって。

「総理、あなたはもっとご自分のお立場と職責を自覚なさってください。アメリカ大統領が秘密と言ったとしても、私には全てお話し戴く。そういうお約束でしたよね」

「だから、今、言ってんじゃん」

「若！」

思わず、昔の呼び名で怒鳴ってしまった。

「あなたは、この国の最高責任者なんですよ。もっと思慮深くなってください！」

こんなことを言わなければならないのが、馬鹿馬鹿しくなってきた。

「それで、どなたか、会いにいらしたんですね」

「日本宇宙科学開発機構《JASDA》の副理事長が、ＮＡＳＡの新エンジン研究所所長を連れてきたんだよ」

「お二人の名刺があるでしょう？」

こいつも、いくら言っても固有名詞を出さない。尤も、岳見の場合は出さないのではなく、覚えられないのだが。

岳見が即座に名刺を二枚差し出した。

ＪＡＳＤＡの方は、副理事長の矢《や》澤《ざわ》光《こう》太《た》郎《ろう》だった。もう一人は、ＮＡＳＡの次世代ロケットエンジン研究所所長で、マーク・ボイドとあった。

「いつ、どこでお会いになったんですか」

少なくとも官邸には、この二人の来訪記録がない。塩釜は、その日一日官邸に出入りした人物の名簿を毎晩必ずチェックしている。

「諏訪の家《うち》だよ」

だから知らないのか。それにしても、小《こ》竹《たけ》は何をしているんだ。こんな重要な面会を俺に知らせないとは。

長年、岳見勇一後援会の地元責任者を務めている小竹彰《しょう》三《ぞう》は、老化のせいかこのところ詰めが甘くなっている。七〇代だから致し方ない、ではすまなくなってきたな。

「同席者は、いたんでしょうね？」

一人で面会者と会わないように、くどいほど岳見には言い続けている。

「まあね」

その答え方が、既に逃げを打っている。

「どなたですか」

「俊ちゃん」

岳見の長男の俊一《としかず》は、小竹の下で、秘書修業をしている。

「俊一さんでは、同席者の意味がないじゃないですか」

「矢澤とかいうＪＡＳＤＡのオッサンが、誰の立ち会いも認めないと言いやがったんだ。それで、息子だからいいだろと、強引に同席させたんだよ」

しかし、俊一なら、いない方が良かった。口は軽いし、嘘つきだし……。

「それに、今日のこの記事を読んで、オヤジ、ヤバいかもって教えてくれたのも、俊ちゃんだぜ」

ぐうたらで自堕落だが、英語だけは得意だからな。

「それで、具体的には、どんな相談だったんです」

「諏訪にNASAとJASDAが共同で宇宙開発の研究所を建てたいって。それをお願いされたんで、大歓迎って答えたわけ」

「原子力エンジンの開発という話は出なかったんですか」

「どうだったかなぁ」

とぼけているのは、言及されたということか……。

「この件について、内閣府の宇宙戦略室長はご存知なんですよね」

「誰、それ」

「我が国の宇宙政策の責任者です」

「責任者は、僕でしょ」

ぶん殴ってやりたかった。

「原子力エンジンの開発研究所を、ご自身の選挙区に誘致するのはまずい事態であるというご自覚はあるんですか」

岳見は、頬を膨らませた。

「一応ね。けど、火星に行くためには絶対に必要なエンジンなんだぜ。昭ちゃんは、事故を心配しているんだろうけど、大丈夫でしょ。だってニッポンはモノづくり大国じゃん」

第二章

1

一五八日前——

その夜、聖は、神楽坂《かぐらざか》の料亭に客を招待した。

築地《つきじ》や赤坂《あかさか》、神楽坂の料亭こそが、日本の政治の舞台だった時代があった。それは既に過去の話ではあるが、今なおそういう場が似合う政治家もいる。

聖が呼び出した新垣陽一がまさにそうだ。

約束の時刻より五分遅れてやってきた新垣は、部屋に入ってくるなり、「よっ、お待たせ」と言って片手を挙げた。

下座に陣取っていた聖は立ち上がって一礼する。

「三年ぶりか。まあ、堅苦しい挨拶は抜きや」

新垣は女将に声をかけると、「わしは、ハイボールな」と言った。

「『響12年』のボトルをご用意してあります」

二人が挟んだテーブルの上には、封を切っていない「響12年」が鎮座している。

「さすがやなあ。ヒジリやんはこういう気配りが、たまらんねん」

生ビールを飲みたいところだったが、聖も新垣に合わせて、女将の手によるハイボールを戴いた。

「ほな、ごちそうになるわ」

新垣がグラスを上げたのを受けて、乾杯となった。

「相変わらず、八面六臂《はちめんろっぴ》の大活躍やな。想定外の選挙結果が出た時は、大抵、ヒジリやんが黒幕や」

「いやいや新垣先生、それは言い過ぎです。相変わらずの未熟者です」

「謙遜しなさんな。カネさえ持ってたら、誰かてあんたに選挙を任せたいと思ってる」

聖は、関西人が苦手だ。口八丁手八丁というが、奴らは文字通り口から生まれてきたような特殊な連中で、話の八割はウソや皮肉に塗《まみ》れている。

「で、今夜はどういう風の吹き回しや」

「先週、事務所に大堀先生がお見えになりました」

あっと言う間に、飲み干してしまった新垣のために、二杯めのハイボールを作って手渡しながら言った。

「ほお、あいつもようやくあんたに選挙を頼む気になったんやな」

「次の選挙には、出馬されないそうですね」

「せやったかなあ」

もちろん、全て知っている話だ。いや、今日の会談の趣旨も全部承知で、ここにいる。

「長野四区に候補者を立てたい、というご依頼でした」

「ほお、そら、また大胆な」

「新垣先生は、一切与《あずか》り知らないという意味ですか」

「大堀があんたに依頼したことに、わしが関与している、と言いたいわけか」

「岳見総理を、選挙で落としたい。その思いは、新垣先生も同じでは？」

新垣は箸を置くと手を叩いた。

すぐに仲居が顔を見せる。

「冷酒頼むわ、いつものな」

仲居が下がるのを待ってから、新垣は聖に言った。

「それについてはわしは何も知らん」

「でも、止めはしないんでしょ」

「まあな。あいつの妄執《もうしゅう》にも困ったもんやな。岳見が、選挙で負けるなんてことが起きたら、おもろいとは思うけど、あいつが選挙で負けるか？」

聖は、誉少年の一件を最初に報じた「週刊文潮」の記事と、ＮＡＳＡとの共同宇宙開発を報じる毎朝新聞の記事を差し出した。

「こんな記事なんぞ、岳見はあっという間に吹き飛ばすぞ」

「だからこそ、私も燃えるわけで」

「やめとき。当選確率九九％を誇る男が、わざわざ黒星を取りにいかんでも、ええやろ」

否定されると、俺がさらにモチベーションを上げるのも、新垣先生は先刻ご承知だ。

「先生、ここは腹を割ってお話ししませんか」

「わしは、さっきからずっと腹を割ってる」

冷酒が運ばれてきた。ガラスの二合徳利《どっくり》とグラスが二つ。すかさず、新垣のために注ぐ。

「ならば、ずばり伺います。私が対抗馬を立てたら、援護射撃をお願いできると考えてよいんですね」

「アホか。仮にも岳見は、内閣総理大臣やぞ。そして、わしは副総理兼財務大臣や。総理を落とす陰謀に加担するはずがない」

「だが、自身の派閥議員の蛮行は止めない」

「あんたが、さっき言うたとおりや。大堀は、次の選挙に出ない。その段階で、あいつはもはや新垣派の議員とは言えんやろ。そいつが勝手なことをしても、わしには無関係や」

「では、私が大堀先生のご依頼を受けて、岳見総理を落選させても、お叱りは受けないですよね」

「健闘を祈る」

新垣は杯《さかずき》を空けると、それを聖に渡した。丁重に両手で受け取ると、新垣が酒を注ぐ。

「戴きます」と言って、酒を飲み干した。

良い酒だ。だが、こんな場では、ゆっくりと味わってもいられない。

「もし、岳見総理が落選されたら、次期総理の座は新垣先生のものですね」

「たられば の話は、したくないな」

狸《たぬき》め。まんざらでもない顔をして、顎を撫でているくせに。

「先生から健闘を祈るというありがたい励ましを戴きました。そこで一つ、新垣先生のお力を借りたいことがあるんですよ」

「内容によるな」

聖は、正座して新垣にまた酒を注いだ。

2

藤森が編集部に上がると、デスクの大喜多《おおきた》に呼ばれた。

「藤森ちゃんはまだ、慣れてないからしょうがないんだろうけど、こんなぬるい原稿は使えないなあ」

そう言ってデスクが指で弾《はじ》くのは、メリルのアンチ岳見運動に三日間密着した原稿だ。

「お行儀が良すぎる。新聞ならオッケーなのかもしれないけど、週刊誌の記事としては、使えないねえ」

嫌みな言い方だった。

「すみません、どこがNGですか」

「まあ、一言で言うと、全部かなあ」

舌打ちしそうになった。

「じゃあ、ボツってことですか」

「冗談でしょ。あれだけ経費使ったわけだから、ちゃんと記事にしてよ」

内容の重要度ではなく、経費の多寡で誌面が決まるのか。

「では、書き直しますが、具体的な修正箇所を教えて戴けませんか」

「じゃあ、そこに座って」

デスク席の前に立っていた藤森は、近くにあった回転椅子を引き寄せて座った。

「このベルモンド・メリル・藍子ってお姉さんに、密着取材したんだろうけど、別に僕らは彼女の広報誌じゃない。伝えたいのは、岳見がいかにクソ野郎かってことでしょ。なら、やっぱ例の少年のコメントは必須です」

「それは分かっていたんですが、周囲のガードが堅くて。しかも、相手はまだ小学六年生ですから」

「でも、総理に意見する勇気ある少年は、今や国民的英雄でしょ。そもそも騒動の発端は、この坊やだったんだからさあ。総理はダメダメだって、少年の口から言わせてよ」

取材に応じないんだから無理だろうが。

「一つだけ言っておくね。ウチの編集部には、取材できませんでしたって言葉は、存在しないわけ。何がどうなろうとも、肉声を取る。これ、週刊誌の常識です。相手が小学六年生だろうが、生まれたばかりの赤ん坊だろうが、僕がコメント取れと言ったら、必ずしゃべらせる」

「通報すると言われています」

「じゃ、そうしてもらいましょうよ。そうしたら、君はもう一本記事が書けるでしょ」

言っている意味が分からなかった。

「分かる? 相手のガードが厳しければ厳しいほど、記事として価値が出るわけです。だから、コメント取ってきて」

「その責任は、デスクが取ってくださるという理解でいいんですか」

「それは、先方が誰を告訴するかによる。編集部なら編集長が受けて立つだろうし、君個人が訴えられた時は、訴訟費用ぐらいは出す」

あんた自身が、訴えられることはないわけだ。

「あと、このメリルっていうのは、相当の食わせ者だって噂じゃん。彼女の過去を洗ってよ。フランスで悠々自適に暮らしていたセレブが、なぜ、いきなり長野の田舎で喚《わめ》いているのか。読者は、そういうのを知りたいわけ」

「原稿に書いてますけど」

「あれは、メリルちゃんの言い分でしょ」

「編集部は、アンチ岳見じゃないんですか」

「まあね。でも、週刊誌は読者の好奇心と欲望を満たしてあげるのが第一なんだよ。彼女は美魔女で、ウチの主力読者層である六〇代のオッサン好みでしょ。だから、グラビアだって二ページも割《さ》くわけ。さらに読み物としては、この女のエグい本性が知りたいね」

「やってみます」

まだ、「週刊文潮」に来て日が浅い藤森だが、一つだけ分かったのは、ここで必要なのは、理性的思考ではなく、本能と欲望的な視点だということだ。

「もう一つ。藤森ちゃんは、長野の地元紙の記者だったんだからさあ、岳見の関係者にネタ元もいるんでしょう。僕としては、岳見宅のお手伝いとか、執事とかからネタを取って欲しいな。で、岳見がどれほどくそったれか、彼らに吠《ほ》えて戴きたい」

それも、難しい。そんな発言が、記事に出たら、その人物は、諏訪で生きていけなくなる。

「二四時間差し上げます。なので、今から諏訪に戻って、追加取材してきて。以上」

そう言うとデスクは、席を立った。

一人取り残された藤森は、呆然《ぼうぜん》として動けなかった。

今から諏訪に戻って取材してこいと言われても、何がやれるというんだ。ネタ取りをサボったわけではなく、取材を断られたのだ。

しかし、このままでは記事にならない。

どうすればいい。

まるで、新人記者に戻ったような不安に襲われた。それ以上に、藤森は己の甘さを呪った。

クビを覚悟で南方誉の発言とその反響を、「週刊文潮」に売り込み、新天地で、真のジャーナリストを目指そうと決めた。

なのに、今やらされているのは、前職より酷い仕事だ。

だからといって尻尾《しっぽ》を巻いて逃げるわけにはいかない。あの嫌みなデスクのオーダーを全て充たすしかないのだ。

3

大堀秀一にいきなり呼び出された建克は、雑談ばかりしている代議士に焦《じ》れていた。わざわざ迎えの車まで寄越《よこ》して、建克を松本一高級な料亭に招いたのは、世間話をするためではなかろう。

最初は、次期選挙の相談かと思ったのだが、それなら秘書が同席する。

「大堀先生、今日、私をお呼びになられた理由は何でしょうか」

バカ話で悦に入っていた秀一の顔から笑顔が消えた。

「ああ、そうだね。ちゃんと話さないとダメだね。実はね、僕は次期選挙には出ないことにしたんだ」

やはり、そういう話か。

「それは、決定事項なんでしょうか」

「まあね。でも、この話をしたのは、南方さんを含めて三人だけです」

「つまり、地元の支援者の方のほとんどがご存知ではないんですね」

秀一は小さく頷くと、酒をあおった。

「理由を伺ってもよろしいですか」

「僕は政治家に向いていない。今さらだけど、それを痛感している。ならば、これ以上は地元の皆さんを裏切ってはならないと思ったんだ」

六〇を前にした男が吐く台詞《せりふ》じゃない。まるで、子どもだ。

確かにこの男は、国会議員の器《うつわ》ではなかった。それでも、祖父と父が築き上げてきた実績を引き継いで愚直に研鑽《けんさん》してくれたら良かったのだ。なのに、ライバル視している岳見を意識しすぎた分不相応な行動でさらに評価を下げた。

「では、比例区は良一さんに引き継がれるんですね」

秀一の甥を後継者にするというのが、後援会の方針と聞いている。

「いや、良一にも継がせない。もう政治家は懲《こ》り懲《ご》りなんだ」

「それは無責任が過ぎます」

「南方さん、お叱りはいくらでも受けます。でも、今夜の本題は、そこじゃないんだ」

まさか、それ以外にも、ショッキングな話があるのだろうか。

「失礼しました。どうぞ、お話しください」

「最後に、僕は日本の未来のために、尽くしたいと考えている」

また、大きく出たな。

ますます嫌な予感が膨らんだ。

「何をなさろうとしているんですか」

「岳見を選挙で落とす。そのために、長野四区に対立候補を立てる」

なんと、愚かな。

そして、自分がここに呼ばれた理由がさっぱり分からなくなった。

大堀家の後援会長の座は、とっくに長男に譲っている。だから、こんな話をわざわざ打ち明けられる義理もない。

「そこで、南方さんに、ご相談があるんです」

「何でしょうか」

「岳見への刺客として、晴美さんに出馬して欲しい」

4

鬱々とした気分を振り払うように藤森は車を飛ばし、東京から諏訪に戻ってきた。

無性に酒を飲みたい気分だったし、まっすぐ自宅に戻る気にもなれない。かといって、サラリーマン時代に通った店には行けない。

暫く考えた末、高校の同級生がオーナーを務めるカフェを目指した。

レイカーズという名の店は、諏訪湖の北西湖畔にあった。

全米プロバスケットボール協会《NBA》の名門にロサンゼルス・レイカーズというのがあるが、この店の由来はそれではない。創業者が、かつてレイカーズという名のグループ・サウンズ《GS》のベーシストだったのだ。

レイカーズは四人組で、全員が諏訪出身者だった。GS華やかなりし頃の一九六〇年代後半は、東京でもコンサート活動をし、人気を博したらしい。ところが、泥酔状態で箱根ターンパイクを暴走したリーダーが事故死したことで、解散してしまう。

ベーシストは、父が所有していた諏訪湖畔のドライブインを譲り受け、ログハウス風に建て替えて「レイカーズ」を開いた。

午後一一時を過ぎていたが、ログハウス風の店には灯りがともっていた。駐車場はがらがらで、地元民にはできるだけ会いたくない藤森にはありがたい。

派手にドアベルを鳴らして店に入ると、甘ったるい男の裏声が、エレキギターに乗って、耳に届いた。

壁には、往年のGSのレコードジャケットやポスター、レイカーズの四人が表紙を飾った雑誌「明星」などが、所狭しと飾られている。

もちろん、店内に流れるBGMもGSサウンド一辺倒だ。

尤もレイカーズのベーシストだった初代オーナーは亡くなり、藤森の同級生は三代目だった。

「ほお、珍しいのが、また来たぞ」

ザ・テンプターズの「エメラルドの伝説」が流れる中、三代目オーナーである吉《よし》ノ房《ぼう》純《じゅん》平《ぺい》が、目ざとく藤森を見付けた。

「また、ってなんだ？」

「あそこに、ドラムスがいるだろ」

純平が顎で示した先には、遠慮がちに設《しつら》えられたステージがあり、レイカーズ愛用の楽器が陳列されている。そして、ステージの縁にへたり込むように座っている男の姿が見えた。

「俊一か」

諏訪大明神のお導きか。よりによって、岳見総理の長男がいるなんて。

藤森は高校時代、純平や後輩の俊一らと、ロックバンドを組んでいた。時代遅れのビートルズのコピーバンドだったが、何度かレイカーズでも演奏させてもらったし、松本のライブハウスで二度、ライブを行った経験もあった。

中学卒業後、俊一は東京の高校に進み、バンドは解散してしまう。

地元の高校を出て早稲田《わせだ》大学を卒業した藤森は、全国紙の記者を目指したが果たせず、信濃新聞社に就職した。東京支社勤務が長く、地元諏訪に戻ってきたのは、一年前のことだ。尤も総理番だったため、レイカーズに顔を出せるのは、一ヶ月に一度あるかないかだった。

一方の純平は信州大学教育学部を卒業し、念願の高校教諭になったのだが、生徒を校則でがんじがらめに縛る校風に合わず、二代目だった父が急死したこともあって、店を引き継ぐ決心をした。今は、フリースクールの教師と二足のわらじで頑張っている。

「もう東京暮らしに飽きたのか」

カウンターに座る藤森に、ビールジョッキを渡しながら純平が尋ねた。

「いいや、ちょっとこっちで取材があってな」

「いい神経してるよな、おまえは。それなりに世話にもなってる総理のお膝元で、あんな酷い裏切りをするなんて」

「裏切ってないさ。俺たちの故郷の恥を世間に晒しただけだ。それよりおまえも、飲めよ」

「じゃあ、ハイボール戴きます！」

角瓶のハイボールの純平と乾杯をしてから、藤森は俊一の方に顔を向けた。

「あいつは、あそこで、何してるんだ？」

「さあね。最近、よく来るんだよ。大抵一人でな。で、テーブル席で静かに飲んで、帰るだけ」

「まさか、自分で運転してか」

「冗談でしょ。曲がりなりにも総理の御曹司だぞ。俺が代行を呼ぶ」

総理の御曹司、毎晩、酒気帯びでご帰宅
――なんて、記事は無理か。

「おまえと俊一の間に、昔色々あったのは知ってるけど、仲間を売るなんてことすんなよ」

「やけに人情派になったじゃないか。おまえの方が、あいつには恨みがあるだろう」

純平はカノジョを奪われ、さらに、俊一は純平の妹にまで、手を出した。妹は真剣だったのだが、俊一はもちろん遊びだったので、すぐに別れてしまう。妹から事情を聞いた純平は懐に包丁を忍ばせて、俊一を捜し回った。あれは、大学二年の夏のことだった。

「恨みねえ。もう、昔々の話だろ。あいつはあいつで苦労してるんだよ。それに、最近、昔のようなやんちゃをやる気力も覇気もない。なんだか、抜け殻みたいだからな」

俊一が飲んでいるものを一杯オーダーすると、それとビールジョッキを手に、近づいた。

「何を黄昏《たそが》れてんだ？」

俊一と並んでステージの端に腰を下ろし、グラスを差し出した。

「おまえ、なんで、こんなところにいる？　戻ってきたって分かったら、後援会の奴らに半殺しにされるぞ」

「理由が分からないな」

「冗談言うなよ。あんたが『週刊文潮』でオヤジの暴言騒動を書いたのは、後援会幹部にバレてるんだ。さっさと東京に帰るんだな」

「まるで、他人事だな。父親を虚仮《こけ》にされた息子殿は、腹が立たないのか」

「いや、実は僕はあの記事に喝采したんだ。さすが大だ」

「おまえに褒められると、気持ち悪いよ」

「ありがたく戴くよ」と言って、俊一はようやくロックグラスを受け取った。そして、テーブル席に移った。

「それにしても、父親を攻撃する俺を褒めるのは解《げ》せんな」

「あんたが正しいからだよ。そもそもあいつは、総理大臣の器じゃない。軽薄で無責任なカスだからな」

その通りだが、コイツは秘書として仕えている。

「おまえ、岳見さんの秘書だろ。何かあったのか」

「秘書なんて形だけだ。僕はあいつの後継者じゃないし、そもそもまともに仕事なんてしていない」

岳見の後継者は、俊一の異母弟・俊治郎《しゅんじろう》だと言われていた。俊一の母は一〇歳の時に亡くなっている。その後妻に迎えたのが秋穂で、俊治郎は秋穂の子だった。

母を失った後、俊一は祖母の寿子に諏訪で育てられ、秋穂や俊治郎は、東京で生活していた。

そんな家庭環境が、俊一の性格を歪めたのは間違いない。しかし、俊一自身は俊治郎を可愛がっていた。あいつこそ政治家にふさわしいという彼の言葉を、以前、藤森自身が聞いている。

なのに、今さら、拗《す》ねるのか。

「僕のことは、ともかく。おまえこそ、大変じゃないのか」

「何が？」

「折角、このまちから抜け出したのに、こんな店に戻って僕と飲んでるなんて、東京でも上手くいってないからだろ」

俊一は、時々鋭い。

「誰と飲もうと、俺の勝手だろ。確かに、ここではもう暮らせないかも知れないが、ジャーナリストとして当然の行動をしたまでだ。だから、ここにネタがあるかぎり、何があろうとも東京から飛んでくるさ」

「かっこいいな。羨ましい。だったらジャーナリストさんにちょっと面白いネタを提供しようか」

ザ・スパイダースの「あの時君は若かった」が流れてきた。

5

一五七日前――

スポーツ日和《びより》の土曜の朝だった。今日は息子のサッカーの試合がある。夕べは眠りが浅くて、睡眠不足の晴美は、コーチを務める夫と息子のために気力で弁当を作り、なんとか送り出した。

彼女は、義父をピックアップして、試合開始前に駆けつける予定だ。

夫が運転するジープ・チェロキーが見えなくなると、晴美はその足で芦原湖畔を散歩した。

――ねえ、選挙に出ない？　あなたが、岳見を倒すの。

とんでもない話を藍子は持ち出してきた。

もちろん、きっぱりと断った。

自分は、政治になんて全く関心がないし、そもそも南方家は、何代も続く保守政権支援者なのだ。その家の嫁が、現職総理に楯突くなんて、あり得なかった。

――私は、東京であなたとダーリンに何があったのか、知っているのよ。

訳知り顔で藍子が言った。だが。
藍子に同情される筋合いはない。あれは、夫と晴美だけの過去なのだから。
――悪いけど、この話は二度としないで。迷惑だから。
そう言い捨てて部屋を出ようとした。
――たとえば、あなたの義理のお父様が、支援すると言ったら、どうするの？
義父が、支援するはずがない。
だから、無視して部屋を出た。

にもかかわらず、何度も同じ回想が繰り返されて、晴美から睡眠を奪った。
誉の発言から始まった騒動に、我が家はますます巻き込まれている。
藍子が言ったように、当分の間、外国で暮らすのがいいのかも知れない。
鳴き声に釣られ空を見上げると、ヒバリがさえずりながら舞い上がるのが見えた。

〝うらうらに
照れる春日に
ひばり上がり

心悲しも
独りし思へば〟

『万葉集《まんようしゅう》』の大伴家持《おおとものやかもち》の歌を思い出した。

のどかな春の日差しの中を、ヒバリが天高く飛んでいく。そのさえずりを聞いていると、もの悲しく孤独を感じてしまう——というような歌意だった。

短歌に造詣が深いわけではなかったが、以前、夫と芦原湖を散策してヒバリを見つけた時に夫が、この歌を呟《つぶや》いた。

晴美は鳥の姿に生命力を感じたのに、夫はそこに孤独を見ていた。

よりによってこんな時に、この歌を思い出すなんて。

しかも、あの時の夫と同じ気持ちかも知れない。

不思議なものだ。年を重ね経験を積むと、同じ事象を体験しても、若い頃とは全く異なる風景に見えてしまう。

なぜ、これほどまでに藍子の提案が気になるのだろう。

あれは彼女のいつもの癖だ。衝動的かつ気まぐれで、口にしてみただけだ。

なのに、その言葉が澱《おり》のように深く暗い胸の奥底で淀《よど》んでいる。

もしかして――私自身が本当は、選挙に出てみたいと思っている？

いや、それは一〇〇％あり得ない。

私は昔から、人前に出るよりも、裏方として人を支える方が好きだった。学生時代から志の高い人を応援してきたし、就職活動の際にもＰＲやプロデュースの仕事を天職と思い定めたのだ。

前方で双眼鏡を覗きながら空を見上げている男性がいた。

彼もヒバリを見ているのだろうか。

通り過ぎようとした時、声をかけられた。

「ここは、生き物にとって本当に素晴らしい環境なんですね」

「えっ？」

自分に話しかけているのかどうか分からないのに、晴美は立ち止まってしまった。

バードウォッチ・スタイルの長身の男性が、こちらを見て微笑んでいる。

「あんなに元気よく天に昇るヒバリを久しぶりに見ましたよ」

「そうですか。最近、ヒバリの生息数自体が減少傾向にあるそうですけど、このあたりでは、春にはよく観察できますから」

「なるほど。さすが、地元の皆さんが熱心に里山保護活動をされているだけのことはある」

悪い人じゃなさそうだ。

「ありがとうございます。そんな風におっしゃって戴けると、張り合いが出ます」

「いきなり偉そうに失礼しました。こういう場所はいつまでも変わらずにあり続けて欲しいですね」

「どちらから、いらしたんですか」

「東京です。時々息苦しくなって、仕事を放り出し、自然豊かな場所に逃げたくなります」

その心境はよく理解できた。自分も、東京で働いていた時、同じような行動をした。

「私もそれが高じて、こちらに住むようになったんです」

「ご英断でしたね。私はなかなかそこまで踏み切れません」

「何か大きなものを失わないと、都会での生活は捨てられないと思います」

「後悔はないんですか」

「都会の暮らしには、もう何の未練もありません」

「素晴らしいなあ。でも、こういう場所で暮らしていると、かえって日本社会の愚かさとかが見えたりしませんか」

「そういうのは、見ないようにしています。ここで自然の恵みを戴きながら、家族と暮らす日々にだけ目を向けていれば、心は充たされます」

「あるがままの日々、というやつですね。そんな心境になってみたいものですね」

何を、バカみたいに自慢しているんだろう。

「だとすると、こういう素晴らしい環境を壊す人は許せなくなりますね」

相手は話を止める気がなさそうだ。そろそろ義父を迎えに行かなければ間に合わない。

「そんな心ない人なんて、いないと信じています」

「でも、確かここに選挙区がある総理は、大々的な開発をされるとか」

「そのような構想があるらしいですが、実際には難しいのでは」

話が、嫌な流れになりそうだったので、晴美は「失礼します」と言って話を切り上げた。

「つまらない話でお引き留めしてしまいました。最後に一つだけ伺ってよろしいですか」

あまり気が進まなかったが、礼儀として頷いた。

「総理が無茶な開発をするなどという蛮行を働いたとしたら、闘われますか」

やっぱり、立ち止まらなければよかった。

またヒバリのさえずりが聞こえた。

6

建克は、珍しく寝過ごした。

前夜、松本まで出かけたからだろう。いや、大堀秀一からとんでもない無茶を突きつけられたせいか。

――岳見への刺客として、晴美さんに出馬して欲しい。

バカげた提案だった。これまでも、天下国家を語れないボンクラの三流政治家だと、秀一を評していたが、昨夜の提案を聞いて、政治家失格の烙印《らくいん》を押した。

――今の話は聞かなかったことにします。二度とそんなバカげた言葉を口にしないで戴きたい。大堀家の恥晒しになりますぞ。

憤懣《ふんまん》と失望感で、頭に血が上って倒れそうだった。だから、迎えにきた車を待たせて、行きつけの小料理屋に寄った。

そこで、ウイスキーをストレートで二杯飲み、気持ちを落ち着かせた。

あの男は、愚かな行いを諦めるだろうか。

年下の岳見勇一の後塵《こうじん》を拝し続けてきた秀一だったが、建克らの尽力で、比例区の名簿では常に上位を譲られ、議席を温めることができたのだ。

その恩を仇《あだ》で返すのみならず、保守党員でありながら、総裁に叛旗を翻すとは。

しかも、その陰謀に、あろうことかうちの嫁を利用しようとするとは、破廉恥極まりない。

殴ってでもあの場で翻意させるべきだった。

そのせいで昨夜は眠りが浅く、結果として寝坊してしまった。

朝食を早々に済ませると、建克は、日課である氏神参りに向かった。一〇八段の石段を上るのが辛《つら》かった。何度も途中で足を止め息を整えなければならないほどだった。

ようやく上りきって、背後を振り向いた。

今朝の諏訪湖は格別に輝いていた。

息切れも疲労も吹き飛ぶほどの絶景だ。

まるで吉兆で光り輝いているようではないか。

これは、何かの暗示だろうか。

つまり神意は、晴美を選挙に出せというのか。

「バカな」

岳見を総理の座から引きずり下ろしたいという思いはある。あれは、亡国の宰相だ。かといって、晴美を対抗馬に立てたら勝てるのか。

秀一の話を途中で遮ってしまったので、晴美を推す理由を聞きそびれた。もしかしたら私にアンチ岳見票を集めさせる腹だったのかも知れない。

晴美は〝選挙の顔〟としては悪くない。

「何をバカな」

晴美を候補者として考えている己に呆《あき》れてしまった。


晴美は、約束の時刻より遅れてやってきた。

「遅くなってしまって、すみません」

旅館の車寄せにパジェロミニを停めた晴美は、運転席から降りて、助手席のドアを開けた。

「今朝は、諏訪湖が大変きれいだったよ」

「芦原湖には、ヒバリがいました」

「そうか。誉には格好のサッカー日和じゃないか」

「本人も、張り切ってます」

誉は地元のサッカーチームで、ミッドフィルダーとして活躍している。野球チームにも所属していて、投手で四番バッターを務めていた。何をやらせても、器用にこなす子だった。

尤も、建克としては、野球の応援をする方が楽しいのだが。

「誉は、相変わらずマスコミに追い回されているのかね」

「少し落ち着いた気がします。葛城名誉教授《せんせい》をはじめ、多くの方がガードしてくださっていますので」

葛城尊彦は、昔から知っている。

研究熱心で気むずかしい典型的な学者肌だが、義理人情には厚い男だ。学生時代に過激な運動に走り、放校処分を受けそうになったことがあったのを、建克が大学と交渉して阻止してやったことに、恩義を感じているのだろう。

「このまま沈静化してくれればいいのだが」

晴美は落ち着かないのか、指が苛立《いらだ》たしそうにハンドルを叩いている。

「何か、心配事があるのなら、遠慮なく言ってくれ」

建克が問うと、車が市街地を抜けたところで、晴美が口を開いた。

「今、御宿に古い友人が泊まっています。ベルモンド・メリル・藍子という活動家です」

「総理を激しく非難している女性だね」

要注意の客がいると、長女が、昨夕、教えてくれた。

晴美の友人らしいが、晴美が浮かない顔をしていたとも言っていた。

「東京の仕事仲間なんです。ご主人のベルモンド氏は、大富豪としても有名です」

有閑マダム《セレブ》か……。

「その女性が、心配の種なんだね」

「岳見総理のご実家前で、デモをしたようで。それだけなら良かったんですが……。昨日部屋に呼ばれて」

話が途切れたので、建克は運転席の方を向いた。晴美は、不機嫌と苦渋が入り交じった、今まで見せたことのない表情をしていた。

「岳見総理を倒すために、私に選挙に出ろと」

晴美にまで声がかかったのか。いったい、何が起きているのだ。

「お義父さま、驚かないんですか。こんなバカげた話を」

「いや、驚いているよ。でも、あまりに荒唐無稽《こうとうむけい》すぎて、返事のしようがないな」

「ですよねえ。今、お義父さまにお話しして、何だか私、憑《つ》き物《もの》が落ちたような気がします。荒唐無稽。私、一晩、その言葉を探していました。ごめんなさい。今の話は、忘れてください」

大堀秀一の話がなければ、笑い飛ばして終わっていたのだが。

「で、何て答えたんだね？」

「もちろん、一蹴しました。藍子さんは、思いつきで行動する人です。でも、熱しやすく冷めやすい。提案したことすらも、すぐに忘れます」

「だが、彼女は諏訪を巡って打倒岳見総理を叫ぶと宣言したと、『信毎《しんまい》（信濃毎日新聞）』には書かれていたぞ」

「運動こそが我が使命と言う人ですから。でも、散々騒いで気が済んだら、次のお祭りに移行するはずです」

だが、その女と秀一が結託していたらどうだ。

パリ在住の活動家と接点があるとは思えないが、二人の背後に、もっと面倒な奴がいたら、話は別だ。

「それにしても、突飛な提案だね。どういうつもりなんだろう」

「彼女は昔、岳見さんと接点があって、自分だか、友人だかが、酷い目に遭ったんだと言っていました」

それは、個人的な復讐じゃないか。

「それから、ホマの発言のせいかと」

大堀も同じことを言ってたな。

――お孫さんの聡明かつ感動的な発言で、諏訪地方での岳見幻想が破られた気がしませんか。本当は、お孫さんに出馬して戴きたいところだが、残念ながら、彼には被選挙権がない。

「晴美さん、一度、私が、彼女と話をしてみようと思うのだが」

「えっ？　そんな、お義父さまがわざわざ関わるほどのことでは――」

車に乗るまで建克は、秀一の提案を晴美に打ち明けるつもりだった。

しかし、事情が変わった。この一件に嫁を巻き込みたくなかった。

「単なる好奇心だよ。それと、念押しだね」

「ウチの嫁につまらぬ話を吹き込むな、と？」

建克は苦笑いでごまかした。

「まあ、そういうことだ。それに、そもそもパリで悠々自適に暮らしていたセレブ夫人が、いくら昔の恨みからとはいえ、日本の総理を引きずり下ろそうなんて考えつくとは、いったい、どういう思考なのか、ちょっと興味が湧いたものでね」

「確かに、ちょっと唐突すぎますね。私は、また始まったって思ってましたけど、尋常じゃないプランです」

その上、秀一まで動いているのだから、捨て置くわけにはいかない。

「あの、私、本当に諏訪に来て良かったって思っています」

「え？」

「すみません。いきなりあらたまっちゃって。お義父さまをはじめ皆さんが、私のような者を家族の一員として、温かく受け入れてくださったから、私は肩に力を入れずに生きていけます。ありがとうございます」

　その思いは、自分も同様だった。

　どうかすると濃厚すぎる家族関係や近隣とのしがらみの間に立って、うまく捌《さば》いてくれる。あんな素晴らしい孫と毎日会える喜びも与えてくれる。

「お互い様だ、そんな気を遣わんでくれ。晴美さんは、とにかく一人で抱え込まず、何かあれば遠慮なく私に相談して欲しい」

　パジェロミニは、丘を登り切った。

　眼前に緑がまぶしいサッカー場が広がっていた。

7

　宿の温泉に浸かった聖が部屋に戻ると、碓氷が待っていた。

「よお、いつ戻ってきた」

「二〇分ほど前に」

　碓氷は東京で、南方晴美とその家族について調査していた。

「その顔を見る限り、収穫大らしいな」

碓氷は黒鞄から分厚いファイルを取り出した。年代物の鞄は持ち手が擦り切れ、側面も傷だらけだ。

聖が愛用するゼロハリバートンを彼にもプレゼントしたのに、一向に使う気配がない。碓氷に言わせると、これは幸運を呼ぶ鞄なんだという。

「私の感触では、南方晴美の出馬は見送った方がいいですね」

「どうした、俊哉にしては珍しいな」

碓氷は聖に意見しない。決断は、聖の仕事だからだ。

碓氷は、日本茶を二人分淹れると湯呑みを口に運んだ。

「六年ほど前に、『攪乱《かくらん》事件』と騒がれたスキャンダルを、ご記憶ですか」

碓氷のリポートの冒頭に、「南方晴美は攪乱事件の当事者だった」とある。

「晴美の夫の南方建信は、五年ほど前まで、環境省のキャリア官僚でした。同期入省の出世頭で、その辣腕ぶりは霞が関でも有名だったそうです」

そのあたりは、聖も既に知っている。

「彼は、六年前、環境省の大臣官房に所属し、環境大臣が注力していた生物多様性保全推進の実務担当者を務めていました」

生物多様性とは、「生きものたちの豊かな個性とつながりのこと」と環境省のホームページにはある。自然の生態系を維持するには、生きとし生けるものが共存できる環境が必要で、環境維持の努力が地球規模で行われているという話らしい。

聖から見れば、世界で最も多様性に無関心な日本人には、所詮なじまないきれい事だ。

だが、地球温暖化問題と同様、生物多様性を守る活動は、先進国の義務であるという発想は、今や常識になりつつある。環境省としてはそれを無視できないらしく、環境省は積極的に取り組んでいる。

「二〇一〇年に名古屋でCOP10《コップテン》、生物多様性条約第一〇回締約国会議が開催され、議定書も採択されました。翌年発生した東日本大震災によって、議定書の実現が困難になりました。しかし、諸外国から、多様性保全の推進を強く求められ環境大臣が先陣を切って取り組み出した。その時の実務担当者が、建信でした」

ページをめくると、当時の環境大臣と首相のプロフィールがあった。

「そうか、思い出した。浅倉《あさくら》内閣末期の頃だな。岳見が着々と勢力を広げる中、浅倉総理は、生物多様性推進によって、国民からの人気を取り戻そうとしたんだったな」

あの時、浅倉は元ニュースキャスターの参議院議員・谷津輝子《たにつきこ》を初入閣させた。国民からの注目を集めるためだ。

「あのSATOYAMAイニシアティブを実際に立案した責任者が、建信だったんです」

そうだったのか……。

当時、聖は日本にいなかった。大震災の影響で仕事ができず、南米の某国で大統領選をサポートしていた。

そのため、当時の細かい政策までは覚えていなかった。

「植物生態学では、植物体や植生を破壊する作用を『攪乱』と呼ぶそうです。知ってましたか」

「初めて聞くよ」

「自然界で起きる攪乱は、時には必要な現象だそうです。節度のある中程度の攪乱こそが、生物多様性を生むんだとか」

手つかずの森林の場合、樹木が密生して地面に光が届きにくくなる。すると、光を必須とする動物や植物は生きられない。

そんな時、山火事や自然災害などによって攪乱が引き起こされると、地表に光が差し込むだけの空間が生まれる。それが、競争力のない植物や昆虫などを生かす。

周期的に自然が損なわれる中程度の攪乱こそが生物の多様性を生むと、生態系の研究者は考えているのだ。

日本の原風景とも言われる里山の保全は、ただ自然のまま放置するのではなく、そこに人間が大きく関与することが重要だ。それによって、生物多様性を高める中程度の攪乱の役割を果たすというのが、生態学の主要な原理なのだ。

「まるで人間社会と同じ構図だな」

「所詮、人間社会も生態系の一つですからね。でも、攪乱という考え方は、深いです」

碓氷がしみじみと言った。

「この攪乱こそが、ＳＡＴＯＹＡＭＡイニシアティブ推進の鍵だと建信は提唱しています。そして荒れ放題の里山の再生と同時に、過疎対策として、社会の攪乱も同時に行ってはどうかと谷津大臣に進言しました。それが、ニッポン・カクラン・プロジェクトこと、ＮＫＰです」

プロジェクトの概要書も、リポートにあった。

概要書によると、放置された里山に人を送り込み、生物多様性を推進する。補助金や研究機関の設置も検討し、政府、自治体とも連携して支援する。また、同時に地方と都市を攪乱するという目的もあり、谷津大臣は、地方創生の切り札としても大々的に喧伝《けんでん》した。そして、浅倉総理もそれを強く後押しした。

「建信は、官僚というより政治家的な視点を持っているらしいな。だが、このプロジェクトについては、俺は初耳だ。ということは、早々に失敗したんだな」

「プロジェクトが始動するとすぐ、大臣と現場との乖離《かいり》が始まりました。とにかく結果が欲しい谷津大臣は、独断で、本プロジェクトのモデル地区を選定してしまいます。ところが、選定されたのは、大物政治家の選挙区ばかりで、里山なんて存在しない地区さえありました。当然、現場から猛烈な反対の声が上がったのですが、大臣はモデル地区の自治体に、補助金を交付してしまいました」

谷津は、今では衆議院議員に鞍替《くらが》えして、岳見派の女性代議士のリーダーを気取っている。意識高い系の女性代議士の典型で、言葉だけは勇ましいが、政策実現能力は低いという印象だ。

「建信は、猛烈に大臣に抗議しますが、無視されます。それで、遂には大臣の頭を飛び越えて、総理への直談判に走ってしまいます」

「それは、官僚としてはあるまじき行為だろ」

霞が関のエリート官僚は、愚かで傲慢な大臣に常に悩まされている。しかし、それを上手に操縦し、省益、ひいては国益を得るために知恵を絞るのが、腕の見せ所でもある。なのに、建信は、大臣を無視したわけだ。

「案の定、建信はＮＫＰから外されてしまいます」

まあ、当然の結果だ。

「そこで、妻の晴美の登場です」

当時、晴美は外資系の広報会社のチーフプロデューサーだった。ＮＫＰのＰＲ担当を引き受け、会社も、ＮＰＯ法人化したＮＫＰ事業のＰＲを担当する契約を結ぶ。

「二人は手分けして環境省や農林水産省、総務省などから補助金を獲得し、国民に対して積極的なＰＲ活動を展開します。それが禍しました。南方夫妻の活動を知った岳見は、激怒します。そして、建信は北海道環境事務所に左遷。晴美が在籍する広報会社は、建信の便宜によって仕事を受注した疑いがあるという情報を、メディアにリークします」

派手な見出しのついた週刊誌のコピーが、数ページにわたってファイリングされていた。

国家公務員の疑惑を総理がリークするなんて正気の沙汰じゃないな。

「生物多様性保全推進のきれい事を利用して私腹を肥やした強欲夫婦」とか、「カネをもらえば、自然破壊に加担した企業も『神企業』と讃える破廉恥ぶり」などと書き立てられている。

そして、この頃から二人には、「攪乱夫婦」というあだ名が付けられている。

《生物多様性保全の推進には、攪乱が重要だと訴える夫婦だが、国家や企業を攪乱して、甘い汁を吸い続けた》

「それにしても、この夫婦は強いなあ。全部、名誉毀損で告訴したんだろ」

「ええ。尤も、いち早く週刊誌を訴えたのは、晴美がいた外資系広報会社ですがね。彼らは、こういう誹謗中傷を許しませんから、徹底抗戦しました。それに、建信も加わった」

「いくら北海道に飛ばされていたとはいえ、よくそんなことを、環境省は許したな」

「許すはずがありませんよ。告訴人に加わった時点で、建信は謹慎処分を喰らっています。さらに、広報会社が突然告訴を取り下げます。その直後、同社が、晴美を背任容疑で告発するかも知れないという記事が、複数の週刊誌に掲載されました。同社は、そんな事実はないと反論しつつ、晴美を馘首《かくしゅ》します」

碓氷の調べでは、岳見と広報会社のトップが手打ちをしたらしい。会社はその後、保守党と政党プロモーション契約を結んでいる。

晴美は、解雇無効の訴えを起こそうとしたが、途中で断念した。これ以上騒ぐと、ＮＫＰのＰＲ事業を受注するために、環境省や農水省の複数の官僚に賄賂を贈った疑いで、晴美を告発すると会社から脅されたのだ。

止《とど》めに、国家公務員法違反で建信が懲戒免職になった。

「職責で知り得た情報を、妻に流した疑いだそうです」

馬鹿馬鹿しい。

そして二人は、権力者とメディアに「極悪非道」のレッテルを貼られて、破滅した。

「政治に巻き込まれて、不幸な目に遭ったのには同情するが、それにしても二人ともとても政治的な人間じゃないか。しかも、岳見を選挙で落とせたら、復讐もできる」

「まあ、聖さんなら、そう考えるでしょうね。でも、彼らはその後、ＮＫＰに賛同した企業や知事から、次々と告訴されます。さらに、彼らと共にＮＫＰを推進していた友人が自殺します。その人物は、ＮＫＰ事業体の財務責任者でした。挙げ句の果てに、誉君が突然失声症になってしまうんです」

失声症は二ヶ月ほどで回復するが、誉はその後も精神的に不安定な状態が続く。

都会を離れて、静かに暮らしてはどうかと小児心療内科医に勧められて、一家は下諏訪に移り住む。

「夫が世捨て人のようになったのは、その友人の自殺が原因なのか」

「それが最大の原因のようです。それ以外にも、息子の失声症、さらには、政治家のつまらぬメンツで、大切な国家プロジェクトが簡単にひねり潰されてしまう日本に絶望したんでしょうね」

ナイーブ過ぎないか。

これだけ、政治的な画策をした男だぞ。環境省を追い出されたぐらいで、絶望まではしないだろう。

何か、もっと別の要因があるに違いない。

碓氷に言うと、「あるかも知れませんが、それは本人に聞くしかないですね」と返された。

そして、彼らは二度と政治には関わらないと断言している。

聖自身、何度も酷い裏切りに遭ってきた。絶望なんて日常茶飯事だ。

それでも、聖は政治の世界から離れられなかった。

なぜなら、政治が良くならなければ、この国は変わらないからだ。

8

藤森は、指定された時刻ギリギリに編集部に滑り込んだ。デスクの大喜多から「本日正午に編集部に上がってきて」と連絡が入ったのは、午前一〇時を過ぎた頃だ。まだ諏訪の自宅にいたので、慌てて飛び出した。

「おはようございます」

「おお、お疲れ。ちょっと、〝別室〟に来て」

「週刊文潮」編集部には、二つの大部屋がある。ひとつは通常のミーティングなどに利用する部屋で、もう一方には、大特集や大スクープを狙う特別取材班が集まる。この部屋が〝別室〟だ。

契約記者になって日が浅い藤森は、別室に呼ばれるのは初めてだ。

編集長とベテランの契約記者が待っていた。それにデスクは別人のように機嫌が良い。

「藤チャン、やったじゃん！　大手柄だよ」

美食家でも知られる編集長の荒巻遼祐《あらまきりようすけ》は、黒縁の眼鏡《めがね》に触れながら藤森を褒めた。体格の良い荒巻は、早稲田大学時代は、体育会レスリング部員だったらしい。

「まだ、確固たる裏付けが取れていないんですが」

「だから、ここに呼んだわけ。影浦《かげうら》君と、面識は？」

「いえ、初めてお目に掛かります。でも、ご著書は全部拝読しています」

「それは、光栄」

影浦淳司《じゆんじ》は、「週刊文潮」の伝説的な記者で、これまでにも事件物のノンフィクションを数冊刊行している。調光レンズが入った眼鏡がトレードマークだ。

「今回は、彼とコンビを組んでもらうよ」

マジか。

嬉しくもあるが、がっかりもした。

岳見の長男である俊一から、超弩級《どきゅう》の特ダネを手に入れたのは、藤森だ。だから藤森が、この原稿を書くのが当然だと思うのだが、影浦が参加するとなると、メインライターは彼だろう。

「心配ご無用、僕は今回は君のサポート役に徹する。存分にご健筆を」

本当だろうか。思わず編集長を見てしまった。

「もちろんだ。ネタを取った奴が原稿を書く。それが、我が編集部の方針だ。とはいえ、総理を敵に回すような大スクープだからね。助っ人は、最強でないとな」

「ありがとうございます！ 粉骨砕身、頑張ります！」

「大喜多、聞いたか。今時、粉骨砕身なんて、誰も言わないよ。藤森君は、古風だな」

デスクを呼び捨てにできるのも、影浦の特権なんだろう。これまで嫌みしか言わなかったデスクの大喜多も、媚《こ》びるような笑みを浮かべている。

「とにかくネタがネタなので、原稿掲載までに、もう少し裏取りをする必要がある」

荒巻の方針には、同感だった。諏訪地方に原子力エンジンの研究所を設立せよと、総理がアメリカから押しつけられ、即答で快諾した――という俊一がもたらした情報を裏付けてくれる事実が見つからない。

「力不足ですみません」

「詫びなどいらん。俺が欲しいのは、事実だ。岳見周辺でネタ元を作って欲しい」

荒巻は微笑みを浮かべたまま無茶を言う。

そんなネタ元なら、俺だってずっと探している。だが、そう簡単には見つからないのだ。

「差し出がましいとは思ったんだが、僕の方で候補者を五人ほど洗い出してみた。皆、君の知り合いだろ」

影浦がＡ４の文書を一枚、取り出した。

そこに書かれた五人全員と面識があった。どうやって影浦は、俺と彼らとの関係を調べたんだ。

影浦は、調光レンズの向こうからこちらを見ている。藤森を観察するかのような目だ。

リストの一人目は、諏訪市内の岳見の実家を取り仕切る執事の狩野正通だ。藤森が信濃新聞社の岳見番の時には、毎日のように顔を合わせ、それなりに可愛がられもした。だが、今や彼にとって藤森は敵でしかない。

二人目は、岳見の後援会で地元を取りまとめている小竹彰三。岳見番の時には、一緒に飲み明かした夜が何度もあった。狩野ほど嫌ってはいないと思うが、会ってはくれないだろう。

三人目は、政務秘書官の塩釜の次男・昭文《あきふみ》だ。彼は大学の後輩で、同じジャーナリズムのサークルにも所属していた。藤森よりはるかに切れ者の彼が、出来の悪い先輩に会う理由など皆無だ。

それに、父の元で、秘書修業をしているというのに、自らのボスを売るような愚を犯すわけがない。

それから信濃新聞の後輩・濱亜里彩が入っていたのには、笑った。おそらく、この中で、一番ネタ元にならない。むしろ、こいつの方から近づいてきて、俺のネタや「文潮」の動向を探って来そうだ。

そして、五人目。

「この上条《かみじよう》一葉《かずは》ってのは？」

「説明、いる？　君が岳見家のメイドの一人とラブだったのは、使用人の間では有名だけど」

「影浦さん、お言葉を返すようですが、彼女はメイドではなく、執事補佐です。彼女とは、そんな関係ではありません」

まさか、こんなネタまで取ってくるとは。影浦恐るべしだ。

それに、一葉とは、半年前に別れている。

「隠してもムダ。それに、君の方から別れを切り出したって聞いたよ。彼女は、未練たらたらという情報もある」

そこまで知っているのであれば、影浦一人で取材に回ればいいじゃないか。

「さすが地方は、人間関係が濃いねえ。藤チャン、この際、個人的な感情は捨てて、全員と接触してよ。諏訪でのネタ取りは、俺たちには到底無理だからさ」

荒巻は楽しんでいるようだ。

「努力します」

「粉骨砕身でな」

デスクが絶妙のタイミングで嫌みを挟んだ。

「で、影浦君には、官邸周辺や霞が関を当たってもらう。あと、新書編集部に、宇宙開発に滅法強いのがいるんだ。そいつを当分借りることにした。で、大喜多を含めた計四人で、岳見特別取材班を結成する。一発目の原稿は、再来週号に。それが無理でも、二週間後には必ずGOだ」

荒巻が嬉しそうに指示を飛ばした。

「それから藤チャン、今週号用には、あのフランスかぶれの女活動家の諏訪騒動記を、改めて書いてもらうからな」

大喜多から、非難された原稿だった。彼の顔を盗み見たが、彼は気にしていないように見える。

「そこに、影浦君の別の記事を合わせる」

編集長が付け足した。

「どんな内容が加わるんですか」

「それは、読んでのお楽しみ」

嫌な男だな。俺は、子ども扱いか。口元に薄笑いを浮かべるだけの影浦は性根が陰湿なのだろう。

必ず結果を出さねば、ボロ雑巾のように使い捨てられるだけだ。

藤森は気を引き締めて、一人残った別室のデスクで、ノートパソコンを開いた。

9

ゴール前の密集からやや離れた場所に、誉はぽつんと立っていた。なぜ孫がそんな場所にいるのか、建克には分からなかった。

怖いのだろうか。

やがて、ボールが誉の方に転がってきた。いち早く反応した誉は、助走をつけてシュートした。ボールは緩いカーブを描いて、ゴール隅に吸い込まれた。

「やったぁ！　ホマ！　凄い、凄い！」

隣で、晴美が飛び上がって叫んだ。

建克は、孫の勘の良さに感動した。誰もがボールに吸い寄せられている時に、あの子は別の場所で待った。ボールはいつか零《こぼ》れ出ると信じていたのだろう。

「凄いお孫さんですね」

岳見勇一の〝城代家老〟、小竹彰三だった。

「なんだ、少年サッカーに興味なんてあるのか」

「息子の応援で来たんですよ。そうしたら、南方さんの姿が見えたので」

既に七〇代の小竹だが、二度目の結婚で生まれた子は、まだ小学生だった。

「どの子だ？」

「おたくのお孫さんに、ゴールを決められたキーパーですよ」

小学生には見えないほど長身の子どもだ。

「ところで、大堀のバカ息子が、ウチのぼっちゃんを、選挙で潰すつもりとか」

「これはまた、笑えない冗談を」

「おたくの嫁を擁立しようと考えてるようだ」

やはり、秀一は口が軽すぎる。

「それが事実なら、正気の沙汰じゃないだろう」

「ちょっと、タバコを付き合ってくれませんか」

建克は一〇年以上前から禁煙している。それは、彼も知っているはずだ。

「晴美さん、ちょっと便所に行ってくるよ」

歓声をあげる晴美には、聞こえていないようだ。

スタンドの裏手に回ったところで、小竹がタバコに火を点けた。

「ずっと止めてたんですが、ちょっと最近いろいろあって」

「顔色も悪いな。病気じゃないのか」

「かも知れません。だが、子どもがまだ幼い。そう簡単にはくたばれませんよ」

小竹は黄色い歯を見せた。

「で、話は？」

「お宅のお孫さんがテレビで指摘した、米国航空宇宙局《NASA》と日本宇宙科学開発機構《JASDA》の共同開発の研究所なんですがね」

「それが何か？」

「芦原湖畔一帯に、巨大な原子力エンジン開発研究所の建設を考えているようです」

血の気が引いた。

総理や官房長官が「何も決まっていない」と言っていたではないか。だから立ち消えになったと思って、何も調べていなかった。

「間違いないのかね」

「先日、ＪＡＳＤＡの副理事長がＮＡＳＡの次世代ロケットエンジン研究所所長を連れて、岳見のぼっちゃんに会いに来たんですよ。そこで、そんな話が出たんです」

「つまり、あんたは、その会談に同席したと？」

「まあ、そんなところです。アメリカで失敗続きだから、日本に移したいらしい。ですが、これはさすがにいただけません。原子力の研究所なんて、とんでもない。そんなの許せますか」

小竹の目が血走っている。

怒りは本物で、それは主君を裏切るほど沸騰している。

「私は建信さんに期待していたんだが、彼は今や腑抜《ふぬ》けだ。だから、嫁さんに一票投じますよ。親として、代々諏訪で生きてきた者として、バカ殿を潰したい」

小竹は、吸っていたタバコを地面に落とすと、執拗《しつよう》に靴底でもみ消し、スタンド席に戻っていった。

第三章

1

一五五日前──

午後八時、上条一葉が岳見家本宅の通用口から姿を見せた。彼女はいつも、一〇〇メートルほど離れた従業員用の駐車場に向かう。周囲に人がいないことを確かめて、藤森は車を始動させた。

黒のスーツを着た一葉は、脇目も振らずに歩いている。

本宅から充分離れ、かつ監視カメラに映らない場所を選んで、彼女に近づいた。

助手席のパワーウインドーを下ろして、話しかけた。

「久しぶりに飯でもどう？」

「大ちゃん！　うっそ。どうして、こんなところに？」

「一葉に会いたくなってね」

丸顔の一葉が嬉しそうに笑んだ。

「マジで!?　やった！　どこ行く？」

「それは、お楽しみってことで。マンションに車を駐めたら俺の車で行こうよ」

駐車場に一葉の車を残したくなかった。

彼女は足早に駐車場へ向かった。

車の方向を変えて、一葉のミニクーパーを待つ。

編集長から命じられた以上、岳見周辺にネタ元を作る必要があった。影浦が挙げた五人の誰に接触するか考えた末に、最も現実的な相手を選んだ。

一葉のマンションに着くと、彼女はすぐに車を乗りかえた。

一葉は、助手席に座るなり、抱きついてきた。

「会いたかった！　ほんと、嬉しい!!」

軽くいなすつもりが、唇を接した途端、舌を絡められた。抵抗せずに応じてやる。

「どこに連れてってくれるの？」

「一葉が好きな場所だよ」

湖沿いを北上し、岡谷《おかや》を過ぎたところで、南西に向かった。

「この方角は、ヴィラ・ファね！」

「ピンポーン」

「嬉しい！」

ホタルの里で知られる辰野町に、ホテル、ヴィラ・ファイアーフライがある。そこのイタリアンが一葉のお気に入りで、二人でよくルームサービスを楽しんだ。

一葉が岳見家の執事補佐になったのは、彼女の祖母が岳見の母と親友だった縁からだ。ベビーフェイスで三〇代には到底見えないが、秘書としては優秀だった。

藤森は、俊一と三人で飲んだのがきっかけで、親しくなった。

何度か二人で食事をするうちに関係ができたが、そうなると、仕事の時とは別人のようにべったり甘えられて、藤森はすぐに飽きた。だが、岳見番としては、彼女から得られる情報は貴重で、無下にもできなかった。

やがて、一葉の上司である執事の狩野に二人の関係が発覚、「関係を清算するか、岳見番を降りるか、今ここで、お決め願おう」と詰め寄られた。一葉に飽き飽きしていた藤森にとっては渡りに船で、神妙に詫びて清算を誓った。

彼女と会うのは、それ以来だった。

「東京は、楽しい？」

辰野町に入った辺りで、一葉が唐突に問うてきた。

「そうでもないよ。どうも馴染めなくてね」

「でも、大ちゃん、大学は早稲田でしょ」

「学生時代と、社会人とでは、見える景色が違うんだよ。しかも、フリー記者は風当たりが厳しいからね」

「あんな記事、書くからでしょ」

「あの時は、岳見にごまをするのにウンザリしてたんだよ」

「反省してるの？」

「まあね」

藤森が「週刊文潮」に、岳見の施政報告会の様子を書いた時、すぐに一葉からメールが来て、一体、どういう神経であんな酷い記事を書いたのかと詰《なじ》られた。

「じゃあ、ウチのスポークスマンに推薦してあげようか」

「狩野さんが許すと思うか」

「一〇〇〇%無理ね。念のために言っておくけど、私、ネタ元にはならないからね」

部屋に入るなり、一葉に押し倒され、二ラウンドも付き合わされた挙げ句、ラストオーダーぎりぎりで、ようやくディナーとなった。

一葉は、二〇〇グラムのステーキにシーザーサラダを、シチリアワイン二本と共に平らげ、今は、ティラミスとエスプレッソ・ダブルを味わっている。

「このあいだ、久々に俊一と飲んだんだ」

「ほんとに？　ぼっちゃん、機嫌悪かったでしょ」

ティラミスを口に運んでいたフォークを置いて、一葉は顔をしかめた。

「そうでも、なかったけどなあ。なんで？」

「どうも、ママと上手くいっていないの」

ママとは、俊一の継母のことだ。

「それって、俊一の継母だろ。上手くいってないのは、昔っからだ」

「そうなんだけど、そろそろ総理の後継者選びを迫られてるから。ママからするとぼっちゃんが邪魔みたい」

ファーストレディである秋穂夫人は、俊一を毛嫌いしている。彼が子どもの頃から、自分に懐《なつ》かなかったからだ。また、総理の母である寿子が俊一をお気に入りなのも、秋穂は気に入らない。

秋穂は、寿子を「ババア」と言って憚らない。

嫁と姑《しゅうとめ》の関係の悪さが、俊一にも及んでいる。

「邪魔って言うけど、総理の後継者が俊治郎であるのは、俊一も認めているんだぜ」

「でもね、最近、ぼっちゃんの評判が良いのよ」

そんな話、初めて聞く。

「ぼっちゃんの奥さまと彼女のお父さまのおかげよ。二人に焚《た》き付けられて、ぼっちゃんは、熱心に地元活動を始めた」

敬老会や運動会、はたまた祭りなどに顔出しをして、有権者と直接触れ合う地元活動は、政治家にとって、議席維持の原点と言われていた。だが、近年は、それらの地味な活動を敬遠する議員が増えた。

岳見総理は、地元の行事になんてめったに顔を出さない。その名代《みょうだい》として、俊一が参加しているらしい。

「俊一だってそんな泥臭いことは、嫌いなはずだが」

「でも、ちやほやされるのは嫌いじゃない。総理の後継者はぼっちゃんだと言われるようになって、本人もその気になってきたのよ。その噂を聞きつけた秋穂さまが、クレームをつけた。総理に対する謀反だとか言い立ててね」

「目に浮かぶようだな」

「ほんと、秋穂は嫌な女よ」

秋穂はもうすぐ五〇歳になるが、頭の中は空っぽだし、問題発言も多い。しかし、プライドが高いので、自分や息子が蔑《ないがし》ろにされると激怒する。

「総理はいつものように、煮え切らない。後継者は俊治郎だけど、地元愛に目覚めたぼっちゃんには、県議選に出ないかと言い出した」

俊治郎は、次期衆議院選挙で比例区から立候補するのではと噂されている。

「それは、気の毒な」

「でしょう。だから、ぼっちゃんは最近、ブルーなの。立場を分かってはいても、あからさまに厄介払いされるのはツラいよね」

「ところで、例の日米共同の宇宙開発研究所誘致の話は、あれからどうなったんだ？」

「続報はさっぱり聞こえてこないわね。でも、ぼっちゃんは何か摑んでいるみたい」

「ネタ元にならない」と言うくせに、この女はいくらでもしゃべる。

「ねえ、大ちゃん。私を誘った本当の理由は何？」

いきなり目の前に、ティラミスまみれのフォークの先が突き出された。

「なんだ、いきなり」

「正直に言ってよ。私、バカだけど、お人好《ひとよ》しじゃない。目的は何？」

「だから、一葉と会いたかったたって」

「でも、エッチしたかっただけじゃないんでしょ。本当は、例のバカげた報告会のその後を探りたかったからでしょ」

先ほどまでの甘ったるい目つきとは異なる、刺すような一葉の鋭い視線が痛かった。

「それもある」

フォークが皿に放り投げられた。

「正直でよろしい。で、何が知りたい？」

「言えば、協力してくれるか」

「言ったでしょ。私は、あなたのネタ元にはならないって」

それは、答えになっていない。

「俺は、秋穂と俊治郎が嫌いなんだ。それに、先日会った時、俊一は、自分はずっと無駄に人生を過ごしてきたから、せめてこれからは、地元がハッピーになることをしたいと言ってた。それを聞いて、俺はこいつを男にしてやりたいと思ったんだ」

「じゃあ、伺いますけど、どうすればぼっちゃんを、男にできるの？」

「例の報告会で少年が訴えたような計画が進んでいるのなら、それを阻止するとかじゃないかと思う」

「お父様を裏切る行為ね。でも、ぼっちゃんに、そんな勇気はないだろうなあ」

「だから、俺や一葉が代わってやってやるんだ」

「で、大ちゃんは、スクープをモノにする訳ね」

「それは、あくまで結果だ。俺が第一に考えているのは、俊一の気持ちだ。そして、諏訪を守りたい」

「大ちゃん、ウソが上手になったね」

2

南方晴美の調査報告があるというので、聖はＪＲ下諏訪駅で碓氷と会った。風は冷たいが、日差しが柔らかいので、散歩日和だった。

駅のロータリーに碓氷の車があった。

「もっと早く調べるべきでした。申し訳ありません」

助手席に座った聖に、開口一番、碓氷が詫びた。さっそく聖はリポートに目を通した。

「さすがに宿では話しにくいので、このまま車内で」

南方夫妻が「攪乱事件」で追い詰められ、建信が環境省を辞した時、起死回生を目指して長野四区からの出馬を模索したことがあったらしい。

事件が起きる前から、友人を中心とした有志に「いつかは、国政に出て欲しい」と説得されていたからだ。

晴美は強硬に反対した。誉がようやく声を取り戻し、平穏な生活が戻ったのに、それをぶち壊しかねない。

だが、建信は出馬を検討した。そんな時、建信を担ごうとしていた地元の有志たちが、次々と岳見の後援会関係者から圧力をかけられ、建信から離れていった。

建信は怒り、荒《すさ》んでしまう。

そして、父親の心の荒廃に比例するかのように、誉の精神状態もまた不安定となり、再び声を失う事態に陥ったのだという。

「その時、晴美は、自分たちがやりたいのは、つまらぬ復讐ではなく、故郷の里山を守ることではないのかと夫に訴えたそうです。復讐したいなら、独りでやってくれと、離婚を迫ったとか」

「そして、建信は家族を取り、ひっそりと生きることを選んだ……」

聖が続けると、碓氷が頷いた。

「ですから、彼女は絶対に政治には関わらないと思います」

クライアントである大堀のご指名だから、あらゆる角度から可能性を探ってみたが、もう限界だった。

「分かった。南方晴美については、諦めよう」

聖は、ゼロハリバートンのアタッシェケースから、タブレットを取り出して、ファイルを開いた。

依頼を受けると聖はまず、選挙区内の当選予想確率を調査し、依頼者が支援に値するかを判断する。調査は、投票日当日まで繰り返し行って当確の可能性を見極める。

現段階での調査では、長野四区の当選予想確率は、岳見勇一が八七％で、他を圧倒していた。

最初は、南方晴美の名はリストになかった。あるのは、野党からの出馬が噂されているラジオパーソナリティと革新党が公認を決めた人物の二人だけだ。

「千香に頼んで調べてもらった、長野四区で最も信頼できる人物アンケートだ」

「トップは、岳見で、二位は、南方建克……？」

　碓氷が驚いている。

「建克氏は、諏訪屈指の優良企業サザンクロス精工を創業した大実業家でもあり、諏訪大社の氏子代表も長年務めている。この地域は、他の地域と違って、諏訪信仰が生活の中に浸透している。諏訪で暮らす人たちは、大なり小なり諏訪の神々と共に生きている。そういう意味では、建克氏は経済と信仰の両面で、圧倒的なリーダーなんだよ」

「でも、その程度で、信頼できる人物の第二位になりますかね」

　ランキングは、一位の岳見が約六〇％で、南方建克は、一七％にすぎない。だが、出馬が噂されている二人の三倍近い人気だ。

「俺も、それが気になる。だから、建克氏についてもっと深掘りするよう千香に指示したよ」

「いずれにしても齢《よわい》八七ですよ。選挙に初挑戦する年齢ではない」

　そこが最大の難点だった。

　聖は宿で、何度か建克を見かけている。とても元気で矍鑠《かくしゃく》としている。少なくとも、ボンクラの大堀秀一より、はるかに国政に押し上げたい人材だ。

「息子の建信はどうなんですか。生物多様性保全推進の時に見せた手腕は、政治家向きです」

ランキングでは、五位だが三％に過ぎない。既に世捨て人という地元の認識なのだろう。

「まずは、建克氏に会ってみるよ。いや、息子に会わないというわけではないけどな」

「ところで、岳見の身内に不穏な動きがあるようです。熱心に地元活動をしている総理の長男に、年寄り連中の間で、支持が広がっているとか」

「岳見の後継者は、次男だったろ？」

「ええ、長男と次男は、腹違いです。次男の母であるファーストレディは、ご承知の通り、夫以上の目に余る言動で、メディアを賑《にぎ》わせています」

「長男と継母の仲が険悪だとは、聞いている」

「最近、それがエスカレートしているらしいですね」

「まさか、父親に反抗して選挙に出るなんて考えているわけじゃあ――」

「あり得ますよ。地元の岳見後援会の幹部の中にも、造反者が出ているようですし。ちょっと調べてみましょうか」

「建信と俊一の両方をおまえ一人で調べるのは、無理だろう」

「助っ人を投入してもよろしければ、大丈夫かと」

「誰を使う？」

「大田《おおた》の爺さんかなと」

大田重郎《じゅうろう》、七六歳――。長年、永田町で暗躍する情報屋の長老だった。碓氷が駆け出しの情報屋だった頃、教えを乞うた人物でもある。

「まだ、体は動くのか」

「最近は、仕事はほとんどしていないようですが、ここの温泉は気に入ると思います。それに、爺さんは、大の岳見嫌いですから」

「大したギャラは払えないぞ」

「爺さん、カネには困っていません」

「分かった。任せる」

碓氷は礼を口にした。

「もう一つ気になる事態が起きそうです」

そう言うと、碓氷がオンライン記事をプリントしたものを取り出した。

総理vs.美人活動家
恋の終わりが、仇敵の始まり

3

塩釜の次男である昭文は、諏訪にいた。

藤森が、〝急ぎの話がある〟とSMSを送ると、〝諏訪でなら〟と返事があった。

〝出張中か？〟と尋ねたら、〝今月から、地元担当になったんですよ〟と返ってきた。

昭文は上昇志向が強く、政治家秘書では終わらない男だけに、この異動を、本人は左遷だと感じているのではないだろうか。

それは、藤森にとって幸運だった。不満分子は、ネタ元になる。

他人目《ひとめ》を憚る話なので、レイカーズの二階で会うことにした。

藤森は、早めに店に到着し、パーティションを調整して、即席の個室を作った。

一葉は、総理が密かに進めている米国航空宇宙局《NASA》と日本宇宙科学開発機構《JASDA》の共同事業について、調べてみると約束してくれた。総理夫人である秋穂が、政治資金を私的に流用しているらしく、その裏付けも取ると息巻いている。

俺のネタ元にはならないと豪語していたんじゃないのか、と思ったが、秋穂夫人がよほど嫌いなようで、やる気満々だった。

上手くいけば、スクープ連発も夢じゃないかも知れない。

「お疲れのようですね」

仕立ての良いピンストライプのスリーピースを身につけた昭文が立っていた。体を鍛えているのだろう。胸板が厚く、スーツがとてもよく似合っている。

なのに、以前のような覇気が消えていた。

「忙しいところ、悪いな」

「飛ばしますよねえ、『週刊文潮』。ウチは朝から、大騒ぎです」

永田町でのし上がるための条件は、無数にあるが、中でも最重要必須項目は、情報収集力だった。

総理の秘書ともなれば、新聞なら早版を印刷前に、週刊誌なら発売二日前には手に入れるのが当たり前だ。だから、発売前日に「週刊文潮」に目を通していて当然だった。

店のメニューの上に、記事のコピーが置かれた。

総理vs.美人活動家

恋の終わりが、仇敵の始まり

影浦が書いたスクープの見出しは強烈だった。岳見総理と、里山保護のために総理退陣を訴える女性活動家ベルモンド・メリル・藍子は、恋人同士だった時期があるという記事だった。

二人が出会ったのは、スイスの保養地ダボスで、一〇年ほど昔のことだという。世界経済フォーラムの年次会合（ダボス会議）に参加していた二人が、熱烈な恋に落ちた。ただし、それは三ヶ月で終わり、以降、双方罵り合う仇敵同士になった。

別れた理由は次号で明かされるそうで、最後の一ページで、藍子の諏訪での活動と本人のインタビューが掲載されている。

「これって、本当の話なんですか」

「ノーコメント、というより、俺が書いたのは、最終ページだけだから」

「マダム・ベルモンドに質問してるじゃないですか」

「そこも、俺じゃない」

影浦が藍子を摑まえて、コメントを取ったものを、締切ギリギリに突っ込んだのだ。

おかげで、今朝、藍子にこっぴどく詰られ、名誉毀損で告訴すると喚かれた。だが、彼女に追加取材をしたのが藤森ではないのを、一番よく知っているのは藍子自身なのだから、完全な八つ当たりだ。

「抗議は、影浦にしてください」と返すと、彼女は「もちろんよ！　でも、告訴状にはあなたの名前も入れるからね」と捨て台詞を吐いた。

「影浦って、これまでもとてつもない特ダネを書いてるジャーナリストですよね。どんな人なんです？」

「陰険で偉そうなオヤジだよ。よかったら、紹介してやろうか」

「ホントですか！　ぜひ」

「それが目的で、ここに来たのか」

「またまたあ。そんなんじゃないですよ。尊敬する藤森先輩のお誘いなら、いつでも」

藤森が信濃新聞の岳見番になった時に、昭文に協力を求めた。「喜んで！」と快諾しながら、その後、電話にすら出ようとしなかったくせに。

純平が、注文を取りに来た。昭文はステーキランチを、藤森はカツカレーを選んだ。

「週刊誌の記者って、大変なんでしょう？」

「まあな。良いネタを取った者が、良いジャーナリストと言われる」

「なるほど。『週刊文潮』にとっての良い記事は、大抵多くの人を不幸にする」

偉そうなことを。

「まっ、そういう場合もある。ところで、今日来てもらったのは他でもない。総理の発言のその後についてだ」

「その後って、何の後を指すんですか」

「芦原湖に、NASAとJASDAの共同研究施設が誘致されるという話を、総理は否定も肯定もしてこなかった。しかし、原子力エンジンの開発なんていうヤバいものを押しつけられたと言う人もいる」

「何ですか、その原子力エンジンって？」

「おまえ、秘書に向いてないな。全身から動揺が滲み出ているぞ」

「それが、『週刊文潮』流のはったりですか。ちょっと無理がありますね。そもそも先輩には、そういうスタイルは似合わない」

つまらぬスタイル論争は、時間の無駄だ。

「原子力エンジンの開発を諏訪でやろうとしているという情報は、既に掴んでいるんだ。だから、それを前提に話を聞きたい」

「答えようがないですね。私は、その前提を知らない」

「公式発表されていない以上、総理の秘書としては、一言も言及できない、という意味か」

「ノーコメントです」

「だったら、なぜ俺に会う気になったんだ」

「来週の『週刊文潮』の内容を知りたいからです」

即答か。分かりやすい男だな。

影浦に確認したら、〝まだ、書いていないので分からないが、材料として言うならば、記事が出たらファーストレディが騒ぎ出す、と伝えてやれ〟とメールが返ってきた。

意味深な返信だったので電話をかけた。もう少し具体的に教えて欲しいと頼んだら、「君は知らない方がいいよ。知らなければ、相手に探られる心配もないから」とつれなかった。

「私が適当に言った話が、的中したらどうするんですか」と追い縋った。

すると「大丈夫。絶対に当たらないから」と電話を切られた。

バカにされたと思った。

そこに二人のランチが運ばれてきた。

暫し、黙って食事を進めた。

カレーライスはレイカーズの名物だが、やっぱりいつ食べても旨《うま》い。

「共同研究については、我々スタッフの間でも知っている者はいないんです。父ですら、まだ全体像を把握していない」

ステーキを半分ほど平らげて、不意に昭文が言った。

「君の父上が知らないことなど、この世にあるのか」

「どうも、総理は父のお小言がうざったくなったみたいでね。時々、父を蚊帳《かや》の外に置いて、日頃の鬱憤を晴らすんです」

「そんなことをしたら、総理はすぐトラブルを起こすぞ」

「ですよね。実際、ここでの施政報告会での一件だって、重大なトラブルですからね」

昭文には申し訳ないが、スーツの胸ポケットのICレコーダーで録音していた。施政報告会での総理の発言を、総理側近がトラブルだと認識しているという言及は、記事に使える。

「総理もようやく乳離れのお年頃のようです。その上、ファーストレディの政治介入も露骨になりましてね。総理のストレスは募るばかり。で、こういうスタンドプレイをやらかすわけです」

昭文は、こんなに脇の甘い奴だっただろうか。

まるで、身内の飲み会の席にいるように、マスコミ相手にしゃべっている。

どれだけダメな総理であっても、守り通すことこそ秘書の使命だと、以前嘯《うそぶ》いていた男と同一人物とは思えなかった。

「随分、辛辣《しんらつ》じゃないか」

「ビール、頼んでいいですか」

真っ昼間から？

声をかけると、純平が二階に上がってきた。

「生ビールをジョッキで二つ」

昭文は、藤森に確かめもせずに頼んだ。

俺は車だからとは言えなかった。

「最近思うんですよね。なんで、秘書になんかなったんだろうって」

「政治家になるための修業だったんじゃないのか」

「まあね。でも、先輩の生き方見てると、格好いいなと思って」

「どこが格好いいんだ。見るのとやるのとでは、随分違う」

俺のスーツは、おまえの仕立て服の五分の一もしない値段だぞ。

「秘書なんて所詮はドブさらいですからね。政策立案とか、もうちょっと関われるのかと思ってましたけど、一〇年早いと言われ、汚れ仕事ばかりですよ」

「総理大臣の秘書なんて、誰にでもなれる職業じゃないぞ」

「なりたい奴なんていますか？　もう少し立派な総理ならともかく、あんな愚鈍な男の秘書となるとね」

ますますらしくない。

こいつは、選民思想丸出しで、誰に対しても卑下なんて絶対にしない奴だ。

「何かあったのか」

「そりゃあ色々ありますよ。ねえ、藤森さん、なんでメディアはあんな男を放置し続けるんですか」

「信濃新聞はそうだが、『週刊文潮』は頑張ってるじゃないか」

「週刊誌に叩かれても、屁《へ》とも思っていませんよ。いずれにしても、ＮＡＳＡとの共同研究所なんて実現するわけがありません。もっと、重要な話に目を向けてくださいよ」

この男、今、とんでもない発言をした。それを聞き逃すわけにはいかない。

「研究所は無理なのか？」

「原子力エンジンの開発なんて、そんなカネ、どっから出てくるんですか」

「それは、俺も知りたい。どこから捻《ひね》り出してくるんだ？」

「こっちが聞きたいですよ。あの方は、財源については頓着していません。何とかなるよねえ、ってなもんです」

「つまり、財源的裏付けとか関係省庁への根回しとか一切ナシで、総理が暴走しているんだな」

「ノーコメント」

間の悪いタイミングで、生ビールが運ばれてきた。

乾杯すると、昭文は躊躇《ためら》いなく飲み始めた。

「財務省や内閣府に尋ねるよ」

「上手に取材してくださいよ」

「どういう意味だ？」

「財源はあるのか、なんて尋ね方をしたら、検討中ですと答えますよ。何しろ、総理案件ですから、総理の僕《しもべ》たちは、無下には否定できませんからね」

昭文が、総理の無謀を嘆く理由が分かった気がする。

こいつは総理政務秘書官の父親に「総理の宇宙プロジェクトを潰せ」と、言われたのだ。

だから、総理の無謀を暴露しているのだ。

このエサに食いつくべきか否か。

どうする、俺。

「あの話がどっから降ってきたかを、まずは探ってくださいよ」

「ＮＡＳＡじゃないのか」

昭文は、意味深な笑みを浮かべるばかりだった。

とりあえず、原子力エンジンの研究所は絵に描いた餅《もち》だという、総理の秘書の証言が取れたんだ。

さらに、そんな巨大プロジェクトを進める準備など全く整っていない。

今日のところは、この程度で満足すべきかも知れない。

「ところで、おまえはなんで、諏訪に？」

「ぼっちゃんの監視です」

「ぼっちゃんって、俊一のことか」

「そうか、先輩は俊一さんと仲良しなんですよね。それは、ラッキーかも」

昭文が、まだステーキが残っている皿を脇に移動させて、身を乗り出す。

「実はぼっちゃんが謀反を起こそうとしているという噂がありまして」

「謀反って？」

「次の衆院選に出馬するんじゃないかと」

4

「お父さん、ちょっといい？」

部屋にいる建克に、長女が扉の向こうから声をかけてきた。

「どうした？」

「お父さんと話をしたいというお客さんがいるの。どうする？」

「どういう方だ？」

部屋に入ってきた長女は、その客の名刺を差し出した。

　当確師　聖達磨
「選挙コンサルタントだって。父は政治にはもう関わっておりません、と言ったんだけど」

会ったことはないが、名前は知っていた。当選確率九九％の凄腕の男として、政界では知られた人物だった。

「よし、会ってみるかな」

「それよりお父さん、晴美さんを四区から立候補させるって、ほんと？」

「誰から聞いた？」

「さっき兄さんが顔を出して、親父《おやじ》は知っているのかって」

長男は、秀一の後援会長なのだ。そういう情報が耳に入るのは当然だろう。

「そんな根も葉もない噂は、おまえが否定しろと、釘を刺しておくよ」

当確師は、応接室で待っていた。

「初めてお目に掛かります。選挙コンサルタントの聖達磨と申します」

「南方です。このたびは当宿をご利用戴き、ありがとうございます」

「居心地が良くて、困ります。東京に戻れなくなりそうですよ」

目尻が下がると、好感度が上がった。

「時間の許すかぎり、ご滞在ください。それにしても、当確師とは、面白い肩書きですな」

「自ら名乗り始めたわけではないのですが、人様からありがたい名前を戴いたので、調子に乗って肩書きにしてしまいました」

「そんな方が、こんな年寄りに、何の御用ですか」

「先日、大堀秀一先生から、ある頼み事をされましてね」

「ほお、どんな頼み事ですか」

「岳見勇一を、選挙で落として欲しいと」

「まさか、お引き受けになったのですか」

「現在、検討中です。名刺にあるように、私の仕事は、候補者を選挙で勝たせることで、どなたかを落とすことではありません」

似て非なるものだな、確かに。

「総理を破れるほどの候補者がいなければ、仕事にならないわけですな」

「まさしく！　私は、その点を大堀先生にご説明致しました。すると、まだ本人の承諾を得ていないが、南方晴美さんを擁立したいと言われまして」

後援会に諮《はか》る前に、独断で選挙コンサルタントに晴美の擁立を依頼したというのは、許しがたい。

「南方さんのお怒りはごもっともです。ですが、私としてはまず、先生のご提案に従って調査を進めたわけです」

「では、晴美にもお会いになったのですか」

聖が、間を置いた。

「雑談程度ですが。もっとも晴美さんは私のことはご存知ないでしょう」

「出馬の意志について、嫁にお尋ねになったのですか」

「いえ、誠に勝手ながら晴美さんは無理だと判断しております」

「だとすれば、私にどんな御用ですか」

「総理を倒すという面白い依頼を受けたのに、有力候補者一人に断られただけで、尻尾を巻いて東京に逃げ帰るのも癪《しゃく》じゃないですか」

いや、とっとと東京に帰って欲しい。

「それで私としては、南方さんに、総理を叩き潰して戴きたいと考えまして、お時間を頂戴しました」

5

建克は、眉一つ動かさずにお茶を啜《すす》る。

「驚かれないんですね」

「驚くに値しますか」

そう言われたら、身も蓋《ふた》もない。

「私は、本気で申し上げているんですが」

「私の年齢は、ご存じですな」

「八七歳でいらっしゃいます」

「保守党では、とっくに定年を迎えている年齢です。実際、田舎の村長にすら、こんな高齢者はいないでしょう」

「八四歳で東京都の区長に当選した方もいますし、かつては八八歳まで町長を務められた方もいらっしゃいます」

「その方たちは、それまでに何期も続けておられるから頑張れたんです。八七歳の新人候補なんて、有権者に対して失礼でしょう」

確かに当選しても、任期を全《まっと》うできるかどうかも分からない。

「人生一〇〇年時代です。まだまだ」

「聖さん、無駄なお話はその辺りで、おしまいにしましょう。私にとっての選挙とは、担ぐものであって、出るものではない。私を説得しようなどというお考えは、捨ててください。嫁がダメだから、義父を代わりにというのが、そもそも失礼な話だ」

「失礼の段は、平にご容赦を。それでも、言わせてください。我が事務所が密かに、長野四区の有権者に行った調査では、岳見勇一総理の対抗馬候補の第一位が、南方さん、あなたなんです」

「だが、岳見総理の支持率は、この一〇年ずっと、六〇％以上を維持している。残り四〇％を争ったところで、勝負にはならない」

一線を退いたとはいえ、長年大堀秀麿・秀一父子の後援会トップを務めただけのことはあるな。

「本当は、誉君を擁立したいんです」

「あの子が被選挙権を得るには、まだ、一三年ほどかかる」

「だが、五五歳の大堀秀一氏より、はるかに政治家らしい」

「詭弁《きべん》だな。大堀先生は、確かに優秀な政治家とは言えない。それでも立派に務めを果たしてらっしゃる」

切り返しのテンポの良さと鋭さは、充分現役の代議士として活躍できそうだ。

「私は、十二歳最強説を唱えています。十二歳という年齢は、人が最も純粋に輝いている時だと思いませんか。抜群の吸収力に加え、大人たちの愚かさを見抜く洞察力も生まれる。妙な忖度《そんたく》もしませんから、彼らの言動は、迷いなくまっすぐです」

初めて建克が興味を持ったようだ。

「大人は、平気で子どもにウソをつきます。また、子どもが抱いた疑問に適当な言い訳をしたり、誤魔化したりもする。でも、輝ける十二歳は、そういう大人の欺瞞を容赦なく叩きます。その痛快なこと。少年は仲間たちとも調和を図り、周りには人が自然と集います。ああ、この子が総理を務めてくれたら、日本にも革命を起こせるんじゃないかって思ったことが何度もあります。誉君も、そういう力を持つ子です」

「そんな才気煥発《かんぱつ》な子どもが、世間にいるのは、認めよう。だが、被選挙権のない者の話をするのは無駄でしょう」

「誉君が起こそうとしている『十二歳の革命』を実現する大人の存在が必要なんです。なぜなら、誉君にはずっと希望を持ち、日本の未来のために行動できる大人になって欲しいからです」

建克は黙って聞いている。

「南方さん、誉君の夢を守るために、彼の発言をバカにした岳見勇一という男を許してはいけないと思うんです。それを晴美さんに託したかった。でも、それは叶わなかった。そこで、南方さんにお願いするしかないと考えたんです」

「誉の発言と行動は間違っていない、だから彼の代わりに希望を実現しようという大人が出てきて欲しいという思いは、私にもある。だが、そんな大人はいなくなった。そして聖さん、私にはもう無理だ。誉の清き炎を受け止めるだけの力は残っていない」

そうか、この人は、力さえあれば、行動したいと思っているのか。

「南方さん、誉君の強い想いを実現したいとさえ思ってくださるなら、あとは私が死力を尽くします。ですから、どうか、ご出馬戴きたい」

聖は、妙に情緒的になっている自分に呆れながら、テーブルに両手をつき頭を下げた。

「聖さん、当確師の名が廃《すた》りますよ。申し訳ないが、お引き取りください」

6

塩釜昭三朗は、息子の報告を聞くにつれて、怒りが抑えられなくなった。

「昭文、子どもの遣いじゃないんだぞ。どのネタも、俺が電話一本で集められるものばかりじゃないか。その藤森という記者から、とにかくファーストレディのネタの中身を摑んでこい。カネを握らせてもいいし、女を抱かせてもいい」

息子は電話の向こうで、鼻で笑いやがった。

〈父さん、そんな昭和時代の手で、藤森に口を割らせるなんて無理だよ。それより、原子力エンジン開発について、もっと情報を提供して、ギブアンドテイクで交渉しなくちゃ〉

「それは、絶対にダメだ！　おまえ、あの研究の意味が分かってるのか」

塩釜は、首相官邸秘書官室の向かいにある小部屋に籠もっていた。ドアを閉めれば、廊下にまで声は漏れない。なのに、声を潜めて息子を叱ってしまった。塩釜にとっては、それくらいナーバスな案件なのだ。

〈分かってるけどさあ。原子力エンジン開発の研究所を諏訪に誘致するっていうところまでは、藤森だってもう知ってるんだよ。そのうち、新聞にワシントン発の特ダネを書かれるくらいなら、この際、エサとして使うべきだよ〉

「まだ、ダメだ。それよりも、藤森の弱点を探せ」

〈それはもう摑んでいる〉

「なんだ？」

〈あいつは、執事補佐の上条一葉とできてた〉

何てこった！　岳見のスタッフは、どいつもこいつも緩みすぎだ！

「間違いないのか」

〈ああ。『信新』の地元岳見番から聞いた〉

「おまえ、濱亜里彩と接触しているのか」

〝悪い？〟

〈いずれにしても、藤森は新聞社にいた時とはだいぶ変わった。すっかり荒んでる〉

のんびりしている「信新」から、弱肉強食の「週刊文潮」に移ったのだ。目つきぐらいは変わるだろう。

「それで、上条と藤森の関係は、まだ続いているのか」

〈それは、不明だけど。とにかく次号のネタを探るなら、エサがいる〉

口ばかりが一人前の息子が、一方的に電話を切ろうとするのを、塩釜は止めた。

「待て。で、ぼっちゃんの方はどうだ？」

〈そっちは、かなりヤバいよ。ぼっちゃんを取り巻く支持者が、どんどん増えている。もしかすると、地元秘書の中にも造反者がいるのかも知れない〉

ますます厄介じゃないか。

「問題は、奴の嫁の父親だな。あいつを潰すネタを探せ」

〈あのー、一つ言わせていただきますと、僕は、ドブさらいをするために、秘書をしているわけじゃないんですが〉

「今は、危急存亡の秋《とき》なんだ。ごちゃごちゃ言わず、良い仕事をしろ」

電話を切ると、塩釜は天井を仰いだ。

もはや、岳見の側近すら信用できなくなっているだけに、重要な調査は、昭文に頼るしかなかった。

こうもあちこちから火の手が上がると、手の施しようがなくなる。

スマートフォンが振動した。

〈総理が、お戻りになりました〉

「すぐ行く」

昨夜から、北海道に出張していて、今戻ったようだ。

姑息《こそく》な小心者は、トラブルが起きると、周囲から叱責されるのを嫌って、わざと忙しいふりをする。

案の定、岳見総理も、その手を使った。

総理執務室に入ろうとすると、ドアの前で事務秘書官に止められた。

「土井垣《どいがき》参与がいらっしゃってます。どなたも通すなと言われています」

総理のご学友にして、メディアコンサルタントの土井垣勇人《はやと》は、岳見から電話があれば、すっ飛んでくる弾《たま》よけの一人だった。

構わず部屋に入ると、もう一人女性客がいる。目鼻立ちも服装も派手な女で初めて見る顔だ。

「失礼します。総理、北海道出張お疲れ様でした。恐れ入りますが、大至急、ご相談したいことがありますので」

「やあ昭ちゃん、どうした。そんな怖い顔をして。紹介しよう。こちらは、パリのファッション事情にお詳しい杜野《もりの》サリーさんだ。今、僕との熱愛で週刊誌を騒がせているメリルの友人でもある」

「ボンジュール、サリーです」

いきなりサリーから両頰にキスの挨拶を受けた。気持ち悪い。

「はじめまして、政務秘書官の塩釜でございます。それで、総理、大至急、ご相談したいことが。お人払いを願います」

「相談って、『週刊文潮』の記事のことだろ。だから、二人を呼んだんだけど」

土井垣は、メディア対応の内閣官房参与の肩書きを得ているが、実際は、テレビ局や出版社を徘徊《はいかい》するブローカーのような仕事をしつつ、スキャンダルの揉《も》み消しをするのが本業だ。だが、実績に乏しい。

「塩釜さん、総理のおっしゃる通りです。『文潮砲』で書かれていることには、かなりの憶測とでっち上げが混ざっています。その辺りを、サリーに説明させます」

「土井垣参与、そのお話は、後ほどじっくりと伺いますので、ひとまずお二人とも席を外して戴けませんか」

土井垣が心外だと言わんばかりの顔になったが、岳見が身振りで出て行くよう示して、ようやく、出て行ってくれた。

塩釜は、革張りのソファに腰を下ろした。岳見も、渋々正面に座る。

「あんな与太話は、誰も気にしません。だから、無視致しましょう」

「えっ。そうなの？　でも、僕、メリルとはものすごく盛り上がったんだよ。あの記事には、誇張が入ってはいるけどね」

「総理の普段の行いからすれば、取るに足りない話と、国民の皆さまは理解してくださいます。それより、別の問題がいくつか」

塩釜の皮肉など、全く心に刺さっていないようだ。

「まず、来週の『週刊文潮』には、ファーストレディのスキャンダルが掲載されるらしいのですが、何の話かお分かりになりますか」

「候補が多すぎて分からないな」

それは、正しい答えだな。

「『文潮』の記者が接触してきたり、何か探られていたら、必ず私の耳に入れてください。これは、ファーストレディにもお伝えください」

「了解。でも、何だろうな、怖いな」

口ほどには怖がっていない。それどころか、面白がっている。

「それから俊一さんが、次の総選挙に出馬されるという噂がございます」

「へえ。結構なことじゃない。誰か、良い参謀をつけてやってよ」

「俊一さんが、出馬を検討されているのは、総理と同じ長野四区ですが」

「笑えるな。じゃあ、父親としての威厳を見せて、胸を貸してやろう」

「おやめください。同じ選挙区で、親子が争うなんて、冗談にしても趣味が悪すぎます。どうか、翻意するように説得してください」

「僕の言うことなんて聞かないよ。それより同じ選挙区に立つという心意気を買ってやろうよ。違法ではないんだしさ」

「総理、選挙は、躾《しつけ》の場ではありません。俊一さんと話をなさってください」

「気が進まないけどなあ。それなら昭ちゃんも立ち会ってよ」

「勿論《もちろん》です。それから、本日夜、伊勢田《いせだ》先生にお会いしてきます」

「伊勢田って？」

「総理に、諏訪に米国航空宇宙局《NASA》との共同研究所を誘致するように、進言なさった原子力研究所の理事長ですよ」

「ああ、あの人ね。でも、伊勢田さんとNASAの件は、無関係だよ」

伊勢田は、日本の核武装論を主唱する一派の重鎮だった。東大の原子物理学教授として教壇に立ち、退職後は、国際原子力機関《IAEA》に勤め、七年前に原子力研究所の理事長に就任した。

軽挙妄動が得意技である岳見は、格好いいこと、勇ましいことが好きだった。

隣国が核開発やミサイル実験を続ける今、核武装こそが政治家の為すべきことだ、などと唆されるとあっさり乗ってしまう可能性もある。

だから日本宇宙科学開発機構《JASDA》の副理事長から聞き出した原子力エンジン研究所誘致の黒幕の名を耳にした瞬間、塩釜は警戒した。

「あれほど伊勢田理事長には近づかないようにと釘を刺したのを、総理はお忘れですか」

「でも、余命を宣告されたって連絡が来たら、さすがに会いに行くでしょう」

そんな、嘘くさい話を信じたのか。

「では、堂々とお会いになればいい。私だって、そのような事情なら同行致しました」

「伊勢田の小父《おじ》さんは、僕にだけ会いたいとおっしゃったんだぜ」

「では、お一人で行かれたんですか」

「一応、俊ちゃんを連れて行ったけどね。小父さんが、俊ちゃんの顔を見たいとおっしゃったので」

一体、伊勢田は何を企《たくら》んでいる。それに、このところ俊一の名ばかり耳にしているのも引っ掛かる。

「どこでお会いになったんですか」

「小父さんの別荘だよ」

たしか、霧ヶ峰だった。諏訪にある岳見の実家からだと、車で一時間もかからない。

「で、その場で、NASAとJASDAの共同研究所誘致の話が出たんですか」

「まあ、そういうことになるのかな」

「本当に、それだけですか」

「それで、話が繋がっただろう。それ以上の隠し事はないさ」

そっけなく答えるのが、かえって怪しい。

「それよりさ、一つ、大事な約束を果たすのを忘れてたんだ」

話が逸《そ》れた。

「ほら、例の南方の少年をさあ、僕は官邸にお招きするって約束したんだけど、手配してくれないか」

冗談だろ。

「放置しておくと、あのガキは、総理は嘘つきとか喚き出すに決まっている。ちゃんとここに呼んで、少年の訴えを聞いてあげようと思っているんだ。その時に、ちょっとしたサプライズ発言をしようかなぁと思っている」

「何をおっしゃるおつもりですか」

「芦原湖は、あのまま大切に守るってさ」

そんなハッタリみたいなウソは、すぐに露見するだろうが。

「これは、本当の話なんだ。芦原湖では、狭すぎてね。諏訪湖でないと研究施設は誘致できないんだよ」

7

塩釜昭文を見送ってから、藤森は俊一に電話を入れた。

「ちょっと話したいことがあるんだけど、今、時間あるか」

〈三〇分ぐらいなら〉

「どこにいるんだ？」

〈大の後ろ〉

振り向くと、レイカーズのテラスで、俊一が手を振っていた。

「いつからいたんだ？」

「大が、昭文と飯を食い始めた直後からかな」

俊一は毎日昼休みに通っているらしく、それで二階で二人が会っているのを、店主の純平に聞いたらしい。

俊一は、ジントニックを飲み干し、お代わりを頼んだ。

それにしても、昭文といい俊一といい、岳見陣営は緩んでるな。昼間っから酒を飲む奴ばかりとは。

俊一に至っては、愛車で来ていると思われる。赤いフォード・マスタング・マッハ1コンバーチブルが幌《ほろ》を下ろして駐車していた。

「で、話ってなんだい？」

「選挙に出るのか」

「出たら、勝てると思うか」

ぶっとんだ。

こいつ、まんざらでもないようだ。

「無理だな」

否定したのに、俊一が嬉しげに笑った。

「さすが大、どストレートで、キツいことを言う」

「じゃあ、おまえ自身は勝てると？」

「何事もやってみなきゃ、分からないだろ」

昼間っから、仕事もせずに酒をかっ喰らっている男が、現総理に勝てるだと？

笑わせる。

「ちょっと散歩しないか」

答えを待たずに、俊一が立ち上がった。従うしかない。

俊一は、湖畔に続く遊歩道に向かった。平日の昼下がり、人の姿もまばらだ。

「大は、このまちが好きかい？」

「なんだ、いきなり」

「僕は最近、やけにこのまち、中でも諏訪湖が好きになってきたんだ。だから、この湖を汚そうとする奴は許せない」

まるで、十二歳の少年のような言葉じゃないか。

尤も南方誉の方が、百倍聡明だけどな。

「僕が出馬したら、『週刊文潮』は、応援してくれるか」

「どうだろう。それは、おまえが出馬する動機次第じゃないか」

俊一はタバコをくわえると、ライターをともした。だが、湖からの風のせいでなかなか火がタバコに移らなかった。

国政選挙の出馬を考えている人物が、喫煙者とは、と呆れながらも藤森は、両手をライターにかざしてやった。

「たとえば、原子力エンジンの研究所は、芦原湖ではなく、諏訪湖に作る予定だが、それを阻止したいと言えば、どうだろう」

「本当の話なのか!?」

俊一は、タバコの煙を、空に吹き上げた。

「芦原湖の規模では、小さすぎるらしい」

「誰が言ってるんだ」

「JASDAの副理事長が、僕に電話してきた。僕が連絡係なんでね」

だが、全国的なネタにはならない。

「まだ、弱いと言いたげだな」

「俺がまだ、信新にいたら、大スクープだ。だが、『週刊文潮』だと弱い」

タバコをくわえていた口元が歪んだ。

「あんた、それでも諏訪人《すわびと》か。俺たちの諏訪湖は、単なる湖じゃないだろうが」

聖なる湖だとでも言いたいのか。だが、これまでいい加減な生き方をしていた俊一に、そんな話をされても笑止千万だった。

「おまえは、俺個人じゃなくて、『週刊文潮』編集部の支援を求めている。だったら、弱い」

俊一は、ため息をついた。暫く、湖を眺めた後、藤森の方を向いた。

「伊勢田豪《ごう》って人、知ってるか」

「誰だ?」

「自分で調べてみろ。NASAとの共同研究の話は、この爺さんから持ち込まれた話だ」

「なんで知っている？」

「僕も、立ち会ったからだよ。だが、途中で、部屋の外に追い出された。きっとあの二人は、別の何かを企んでいる気がする」

スマホで検索してみると、伊勢田豪、原子物理学者とある。しかも、昔から核武装論者だったとも書かれてあった。

「もし、二人の企みの内容を教えたら、僕を応援してくれるか」

8

「杜のワンダーランドに行ってくれ」

聖が言う行き先が、関口健司にはぴんと来なかったらしい。

「すいません、それどこですか」

「ナビを入れろ、バカ！」

後ろから運転席のシートを蹴った。

「もう少し下調べをしてから、会いに行くとおっしゃっていませんでしたっけ？」

碓氷が言うので、建克の一件を話した。

「ホマ君を、あそこまでの神童にしたのは、父建信の薫陶のたまものだ。そして建克は、自分より息子の方がはるかに適任者だと断言した。なので会って確かめる」

追い返されはしたものの、候補者は建克と決めている。

今や、高齢者を指して老害と言う者もいるが、建克のように、戦禍をくぐり抜け、戦後の日本の発展を支えたサバイバーには、現役世代が到底及ばない強さと迫力がある。

世捨て人の建信に会う必要なんてない。それでも会おうと思ったのは、十二歳の革命家・誉が尊敬する男だからだ。

車は大きなカーブを何度も曲がり、辺りは緑が美しい高原の風景となった。

「あと、五分ぐらいだと思います」

天気が良く、眼下に諏訪湖も望めた。

「いい景色だな。諏訪は、本当に飽きない」

「年を取りましたね。あなたの口から、そんな言葉が出てこようとは」

碓氷の皮肉を聞き流し、聖はサイドウインドーを下ろして風を入れた。

「建克翁は、凄い迫力だったそうですね」

碓氷は、さりげなく嫌な話題を振ってきた。

「やっぱりただ者じゃないな。それを知りたかったんだから、大成功だ」

負け惜しみではない。孫の主張を祖父に実現させてほしいというプランが、聖にはあるが、そういう緩いお花畑的な主張に、どういうリアクションをするのかを試したかった。

「孫のためなら命を張る覚悟があるのは、分かった。また、岳見への敵意もある。だが、俺の絵空事話に乗るほどバカではない」

——当確師の名が廃りますよ。

そう言い放った建克の言葉には、落胆の響きがあった。

つまり、俺がもっと凄い玉を仕込んで、建克を口説くと考えていたのだろう。

俺だってそうしたかった。

しかし、現状では、建克は地元での評判が良く、辣腕実業家であること程度しか知らないのだ。

その上、岳見のアキレス腱《けん》も見つからない。

「まだ、調査途中ですが、建克翁は、『南方の旦那』と呼ばれ、若い頃は荒っぽいことを辞さない親分的存在だったようですね」

戦後、裸一貫から叩き上げてのし上がった年寄りは、どこの街にもいるものだが、建克の凄みは、出色だった。

「まっ、俺としては、あれだけコケにされた以上、黙って引き下がるわけにはいかない。ここは南方の旦那で、勝負してみたい」

「大田の爺さんは、長野の地元の長老のような人物に人脈を持っています。カネを弾んで、深掘りしてもらいます」

前方の丘の上に、大規模なログハウスが見えてきた。そして、その手前の「霧ヶ峰・杜のワンダーランド」と書かれたアーチ形のゲートを車は通過した。


受付で、南方氏に会いたいと告げると、レンジャー姿の若い女性スタッフが、ログハウスから少し離れた巨木を指さした。

「あそこの大きな楡《にれ》の木の下で、車椅子のお年寄りと一緒にいる男性が見えますか」

見えると返すと、「あの人が、南方主任です。呼んできましょうか」と言われた。

「いや、待ちますよ。彼が戻ってきたら、教えてください」

それまで、聖と碓氷はカフェテリアで時間を潰すことにした。

*

「大変、お待たせしました」

聖と碓氷が、コーヒーをお代わりしたところで、モスグリーンのウインドブレーカーにジーパン姿の男性が、声をかけてきた。

「父から聞いてます。あなたが当確師、さんですか」

名刺は受け取ったが、建信は全く関心がなさそうだ。

「世間でいうところの選挙コンサルタントって奴です」

「そんな方が、私にどんな御用なんですか」

「当確師の用事は一つしかありません。あなたに、選挙に立候補して戴きたく、お願いに上がりました」

建信は、無反応で、持参したミネラルウォーターのペットボトルに口をつけた。

「人違いをされているのでは？　私は、世間に、背を向けて生きていますので」

「私は、ご子息の誉君の大ファンでして。彼の志に胸躍り、ぜひ、この少年を総理にしたいと思った次第で」

「ならば、一三年ほど経った頃に、改めて相談にお越しください」

「そんなには、待てません。いや、私が待てても、日本社会が待てません。今すぐ、彼に総理になって欲しいが無理だ。ならば、誉君を育てた建信さんに、お願いするしかないと思った次第です」

「それは、無理ですね」

「なぜですか」

「私は息子の分身になるつもりはないし、息子もそんなことは望んでいない」

「岳見は、あなた方が守ろうとしている芦原湖一帯の里山を破壊し、原子力エンジンの研究所を建設しようとしています。それを許してよろしいんでしょうか」

「芦原湖を守ることは、この地域だけの問題です。それと国家を守るのとでは、次元が違います」

「おっしゃるとおりです。だが、現総理にそんな志はない。原子力エンジン開発研究所の誘致を決めたようなやり方で、国政も気まぐれで運営している。こんなことをしていれば、日本という船は、いずれ沈没してしまう」

「聖さん、岳見を倒せば日本は変わると、本気で思っていらっしゃるんですか」

「それだけでは無理でしょう。だが、バカでも総理である以上、絶大な権限を有している。その男を倒さなければ、日本は変わらない」

「ならば、他を当たってください。私は興味がない」

「そうは思わないな。あなたは、この国の行く末を案じている。何より、ご子息が大人になった時に、少しでもマシな社会になっていて欲しいと願っている」

「私は、実現不可能な夢は、追いかけません」

「私も実現不可能なことを、ご提案していない」

建信が声に出して笑った。

「でもね聖さん、里山保全を公約に掲げて、岳見総理に勝てると思いますか」

「では、何が必要ですか」

「それが分かるくらいなら、私も当確師の看板を掲げています。いずれにしても、私に関わっても時間の無駄です。他を当たってください」

9

官邸を出た塩釜は、霧ヶ峰にある伊勢田の別荘に向かった。

別荘に到着した時には、すっかり日が暮れていた。実家は上諏訪の農家だが、父親が兼業で別荘の管理人を務めていた。霧ヶ峰にも、父が管理人を務める別荘があり、塩釜も手伝いに駆り出されて頻繁に通ったものだった。

他の別荘から離れた山すそに建つ伊勢田の別荘はまるで英国貴族の館のようで、惚れ惚れするほど美しい。今夜は、全ての部屋に煌々《こうこう》と灯りがともっていた。

「いらっしゃいませ、塩釜様。主がお待ちかねです」

玄関前に執事が待っていた。約束の時刻に、六分遅刻だ。

執事の後について、廊下を進む。

太い梁《はり》、厚いカーペットの下に見える寄せ木細工の床板、そして廊下の照明まで、至るところに意匠が凝らされている。

一体、どうすれば原子力研究所理事長が、こんな贅沢な別荘に住めるのか。

広いダイニングルームで、伊勢田は待っていた。隣の席には、モデルのようにすらりとした若い女が座っている。

「すっかり、ご無沙汰してしまい、申し訳ございません。しかも、この度は、急なお願いにもかかわらず、お時間を頂戴し、感謝申し上げます」

塩釜は高級ワインの手土産《てみやげ》を執事に手渡し、ダイニングテーブルについた。

「いやあ、君にはずっと感謝しているんだよ。あの危なっかしい勇一君を、しっかりサポートしてくれているからね」

「恐縮です。それにしても、ここは素晴らしいお屋敷ですね」

「戦前は、どこぞの華族の持ち物だったんだそうだ。戦後、東京の不動産王が買い、紆余曲折があって、私が頂戴することになった」

紆余曲折の中身を知りたいところだったが、今日はそのために来たわけではない。

「まずは、乾杯しよう。シャトーマルゴーの二〇一〇年だよ。二〇〇九年ほどではないが、なかなかいけるだろ」

ワインには疎い塩釜でも、それが上物であるのは分かった。

「とてもおいしゅうございます」

「優雅でありながら、味わい深い。人間もかくありたいね。まずは、食事を楽しもうじゃないか」

女性は紹介されなかった。八八歳の今でも、あの美女を楽しませることができるのであれば、伊勢田は紛れもなく怪物だ。

ニジマスのマリネに始まるフルコースは、絶品ばかりだった。食後に貴腐ワインが出たところで、女性が下がった。

「では、伺おうか」

伊勢田は世間話でも聞くように切り出した。

「先日、総理にお会いになったと伺いました。そして、その席で、ＮＡＳＡとＪＡＳＤＡによる原子力エンジンの共同開発をご提案されたとか」

「それは、話が少し違うな。ＪＡＳＤＡの矢澤副理事長が、折り入って相談があるらしい。

悪い話ではないので、話を聞いてやってほしいと、勇一君に言っただけだよ」

矢澤は、伊勢田の教え子だった。だから、伊勢田を通じて、総理に相談事をするというのは、あり得ない話ではない。

だが、伊勢田と岳見は疎遠だったはずで、そんな間柄でありながら、伊勢田が仲介の労を取ったというのが、引っかかっていた。

「なぜ、そんな回りくどいことを、矢澤副理事長はされたのでしょうか」

「総理に面談を求めても取り合ってもらえないと思ったそうだよ」

伊勢田は淀みなく応えてくる。

「NASAが絡むような話ですよ。私を通してくだされば、ちゃんとお繋ぎ致しましたが」

「誰が、総理と繋いだのかが、それほど問題なのかね？」

「そうですね。NASAとの共同研究というのは、日米安全保障条約にも絡んでくる可能性がある重要案件です。しかも、原子力エンジン開発は、アメリカ国内で事故を起こし、研究が中断されたもの。それを、日本に持ち込んで共同開発する案件を、正規ルート以外で交渉されるのは、由々しき事態かと思います」

「そんなことだから、日本は国際社会の笑いものになるんだよ。大切なのは、重要な案件を可能な限り関係者だけの間に止めた上で、迅速に交渉し決断する。それが、外交の要諦だろう」

軽蔑したような目つきで睨まれた。

「僭越《せんえつ》ながら、外交問題は、民間人が勝手に関与するものではないと存じます。今回の案件が、深刻なのは、矢澤副理事長のみならず、NASAの次世代ロケットエンジン研究所所長までが、秘密裏に総理に会った点です」

「そのお陰で、ビッグプロジェクトが動き出したんだ。その成果の大きさを素直に認めたらどうなんだね。君は、政務秘書官としてのメンツを潰されたことが気に入らないのだろうが、そんなものは、些末《さまつ》な話だ」

酷い言われようだ。いくらでも反論し、詰りたいところだが、今夜の面談の趣旨は別にあった。

「そのビッグプロジェクトについて、先生に確認しておきたいことがございます」

「何だね？」

「先生が、総理とお話しされたのは、本当に原子力エンジンの開発についてなのでしょうか」

「そうだ。それ以外に何があると言うんだね」

伊勢田は、日本有数の核武装論者だった。岳見の父、勇太郎は亡くなる直前、伊勢田に煽られて、日本の核武装を推進すべきだと主張したことがあった。次期総理最有力と言われていたタイミングでの、核武装発言は日本を騒然とさせた。だが、結局は、不慮の交通事故で帰らぬ人となったため、核武装については、それきり封印された。

一見、到底死期が迫っているようには見えないが、伊勢田が末期ガンで余命宣告されているのは、主治医から確認してきた。今際《いまわ》の際に、宿願である核武装を、岳見に吹き込んだのではないかという懸念があって、塩釜は無理をして伊勢田に会ったのだ。

NASAとJASDAによる原子力エンジンの共同開発施設と銘打って、実際は、核兵器を開発する——。そんな漫画のような陰謀を、この爺さんは平気でやる。そして、あのお調子者の岳見が、それに乗らないと断定する自信はなかった。

伊勢田の言動を見ていて、塩釜は、抱いていた懸念を振り払えなかった。

「もしや、核武装の話をされたのではないかと思いまして」

「私は、勇一君に会う度に、核武装を決断せよと言っているよ。だが、彼は絶対に首を縦に振らない。ウソだと思うなら、本人に聞いてみたらどうだね？」

10

「予定変更だ。俊一さんの自宅に行って欲しい」

塩釜は、運転手にそう告げてから、大きなため息をついた。

このまま東京に戻る予定だったが、俊一に釘を刺しておこうと考えたのだ。俊一の自宅に電話を入れると、夫婦ともに不在だという。

仕方なく、俊一の携帯電話を鳴らした。

〈塩爺、こんばんは〉

「実は今、諏訪におりまして。大至急、お会いしたいのですが」

〈今日は、色々取り込んでいて忙しいんだけどなあ〉

「大事なお話です」

〈分かったよ。じゃあ、レイカーズにいるから〉

グループ・サウンズのなれの果てが開いた店だ。

それにしても、伊勢田の動きが気になる。

内閣情報調査室に調べさせたところ、日本の核武装実現に向けて動き出しているという確たる情報は得られなかったものの、タカ派の与党議員や防衛省のOBとは会っていた。内調だけでは心もとないので、民間の調査会社にも調査を依頼することにした。

「塩釜さん、もうすぐ到着します」

派手なネオンに彩られたログハウス風の店が見えてきた。

「悪いんだが、俊一さんを探して、ここに連れてきてくれ」

運転手は、小さく頷いて車を降りた。

あの店は、街の問題児のたまり場だ。そんなところで、俊一と会いたくなかった。SNS真っ盛りの時代だ。インスタグラムやTwitterなどにツーショットの写真を上げられるのは、避けたかった。

運転手は、なかなか戻ってこなかった。

待っている間に、塩釜は息子にメールを送った。

〈今、諏訪に戻ってきている。遅い時間でもいいから、会いたい〉

ドアが開き、後部座席に俊一が乗り込んできた。吐息から強いアルコール臭がした。かなり酔っ払っているようだ。

「やあ、塩爺。ご機嫌よろしゅう」

「夜分にすみません」

運転手はなみなみと酒が入ったショットグラスを載せた盆を差し出すと、車から離れた。

これからの密談は、聞いてはならぬと心得ているわけだ。

「まずは、再会を祝して乾杯しましょう！」

危なっかしい手つきで俊一は、グラスを手にした。塩釜も応じた。

塩釜は、一口だけ舐《な》めた。上等なシングルモルトだ。

「次の衆院選に出馬されると伺いました」

「さすが、地獄耳だなあ。でも、ご安心を。僕もそこまでバカじゃない」

「もし、本気でお考えなら、不肖塩釜、全身全霊でご支援します」

「へえ。ウソでも嬉しいよ」

「ただし、その場合は、比例区でお願い致します」

「大丈夫だって。選挙には出ないから」

「しかし、奥様とお義父様が」

「勝手に盛り上がってるだけだから。最後は、僕がビシッと言うから。ホント、心配性だなあ。よし、じゃあ、とことん飲み明かそう！　朝まで付き合え」

それは悪い提案ではない。俊一は酒に飲まれるタイプだ。もう少し酔わせれば、ホンネを話すだろう。

ただ、周囲の目と耳が厄介だった。

下手《へた》をすれば、そのまま週刊誌ネタになりそうなことを、こいつは大声で喚きかねない。

「喜んで。しかし、河岸《かし》を変えましょう。グランドホテルに行きつけの店がございます」

「あそこは、性に合わないんだ」

ならば、今夜はこの程度にすべきだ。

「なあ、塩爺。パパは、本気で核武装するつもりだと思うか」

驚いて、俊一の方を向いた。

「なあ、どう思う？」

「そんなことを、考えるはずないじゃないですか」

「そうかなあ。伊勢田の爺さんのところに一緒に行った時は、原子力エンジンの話が終わると部屋から追い出されたんだぜ。そのあとで、何かしばらく話してたんだ。それが気になるんだ」

第四章

1

一四七日前——

大堀秀一は、約束の時刻より一一分遅れて、六本木ヒルズの聖事務所に姿を現した。

ノックをして入ったのに、大堀は椅子から飛び上がらんばかりに驚いた。妙におどおどしている。

「お待たせしました。わざわざお運び戴き、ありがとうございます」

「いや、別に構わんよ」

何とか威厳を取り繕っているが、目に落ち着きがないし、暑くもないのに扇子を広げてあおいでいる。

聖は、分厚いファイルを、テーブルの上に置いた。

「この方が、岳見を倒せそうな候補です」

テーブルに、一枚の写真を置くと、出っ張った腹を押しつけるようにして、大堀は前のめりで覗き込んでいる。

「なんだね、これは。悪い冗談か」

「精査に精査を重ねた上での結論です」

建信に断られた後、聖は下諏訪から撤収した。そして、永田町の知り合いたちを訪ね歩き、プランBを立てた。

「ふざけるな! 私は、南方晴美を推せと言ったはずだぞ」

「覚えております。しかし、彼女では選挙に勝てません」

「勝てない理由は何だ。彼女は、疵《きず》一つない素晴らしい経歴だと聞いているぞ」

「経歴に問題はありませんが、政治アレルギーが酷すぎます」

「彼女の代替案が、彼とはな」

南方建克――。

「この方なら、可能性があります」

「南方の爺さんが、何歳なのか知っているのか」

「御年、八七歳になられます」

「明日死ぬかも知れぬ爺さんを、私の後継者にするとは、冗談にもほどがある」

大堀は、南方建克に並々ならぬ恩がある。なのに、その恩人を「爺さん」呼ばわりとは。

「南方さんは、誉君の代理です。つまり、十二歳のお孫さんの思いを実現するために立つんです。その心意気は、有権者の関心を強く惹きます」

大堀は、鼻で笑った。

「だったら、私が、彼の孫と一緒に選挙に出る方がましだろう」

この男は、自力で選挙を戦った経験がないんだろうな。何も分かっていない。

聖は、立ち上がった。

「結論にご不満なら、お帰りください」

2

「デスク、ちょっといいですか」

「何事だ。大スクープでもモノにしたわけ?」

それには答えず、藤森は出社したばかりの大喜多を会議室に連れ込んだ。そして、俊一から聞いた原子力エンジンの話をまくし立てた。

最初は、渋々聞いていた大喜多だったが、徐々に顔つきが変わってきた。

「ネタ元は?」

「総理の息子です」

「俊治郎か!」

「いえ、俊一、長男の方です」

「ああ、出来損ないの方かあ」

大喜多の高ぶりが霧消していく。

「デスク、まだ本人は認めていませんが、地元では俊一を次の衆院選に出馬させようという動きもあります。彼は、地元ではなかなかの人気者です」

「選挙に出るって、どこから？」

「長野四区、父親の選挙区です」

「じゃあ、総理はどうするわけ？」

「もちろん、出馬されるでしょう」

「つまり、父親に謀反を起こすんだな」

「そうなりますね」

「ちょっと、待ってろ」

大喜多が部屋を出たのを確かめてから、藤森は小さくガッツポーズをした。

よし、食いついてきたぞ！　まず、第一関門突破だ。

待っている間にスマートフォンをチェックすると、昭文からメールが来ていた。

〈ちょっと、ご相談があります。ぼっちゃんの件です〉

昭文に勘づかれたのかも知れない。

狭いまちだ。噂はすぐに広まる。それに、こちらも昭文に尋ねたいことがあった。

〈夜なら、何とか〉と返した。

勢いよくドアが開いて、大喜多が戻ってきた。編集長の荒巻も一緒だ。

「いやあ、藤チャン、凄いじゃん。これは、日本がひっくり返るなあ」

荒巻は上機嫌で、藤森の正面に陣取った。

「ありがとうございます。由々しき事態だと思います」

「俊一氏の良い噂など聞いたことがなかったが、今回は、あっぱれ！　と褒めてやりたいね。だから、極秘かつ慎重に動く必要があるね」

俊一との関係を質された。

「昔のバンド仲間か。確か、俊一氏は岳見総理の私設秘書だったと思うけど」

「その通りです」

「なのに、父親に謀反を起こそうとしているんだ」

「彼はまだ選挙には及び腰です。前のめりなのは、岳父です」

藤森は、守屋《もりや》富哉《とみや》の略歴を見せた。

「地元の土建屋の社長か。過去に黒い噂は？」

「知事や地元市長に裏金を渡して公共工事を受注したという疑惑を、何度も持たれています」

「だが、一度も逮捕されたことはない？」

大喜多の指摘に、頷いた。

「それは、娘婿が総理の長男だということと関係があるのか」

「微妙ですね。俊一の妻保奈美《ほなみ》は、守屋の長女ですが、二人が結婚する前から、守屋の悪名は轟いていました。だから、総理は結婚を反対したと聞いています」

岳見関連の情報に詳しいのは、前職のお陰だ。

信濃新聞のデータベースでは、守屋は〝札付きの悪《ワル》〟〝たかり屋〟と評価されている。

大喜多は、「岳見俊一と、守屋富哉の関連記事を探してくる」と部屋を出て行った。

「それで、俊一氏が握っている世間が驚天動地するというネタの方なんだけど、彼は本当にそんなものを握っているんだろうか」

「私は、まさに握ろうとしているんだと思います」

編集長の疑念は尤もだった。俊一の素行の悪さは、「週刊文潮」でも何度か取り上げられている。地元紙にいた藤森は、もっと多くの悪行を知っている。

悪い奴ではないが、他者の関心を惹くためなら、すぐに嘘をつく。

だが、今回は俊一の言動に真剣味を感じていた。

「どんなネタだと思う？」

藤森にも、具体的な情報を提供していない。俊一に言わせると、「自分も確証を得ていないので、調査中なんだ。けど、もし事実なら、あいつは国賊だ」と嘯いている。

「俊一氏の話をそのままお伝えすると、総理が国賊になるようなネタのようです」

編集長は腕組みをして唸った。

「魅力的ではあるが、よくあるホラ話の臭いもするなあ。それは、ＮＡＳＡとの原子力エンジン開発に絡んでいるのだろうか」

「おそらく」

藤森は、その根拠として、ＪＡＳＤＡとＮＡＳＡの幹部が、総理を訪ねた時に、俊一が同席していたことを告げた。

大喜多が戻ってきた。

「残念ながら、守屋富哉の名は、ウチの過去の記事では見つけられませんでした」

「藤チャン、噂レベルでいいので、守屋氏の過去歴をまとめてもらえるかな。で、話を戻すけど、それ以外に俊一氏は、原子力エンジンの日米共同研究について、君に話をしなかったのか」

「あとは、ある人物の名前ですね。確か、伊勢田豪という人物です」

「何だって！　どうして、伊勢田豪の名が出てくるんだ！」

荒巻が取り乱した。つまり、伊勢田は重要人物だということだ。

だとすれば、俺は資料を読み違えたのだろうか。

「その伊勢田という人物が、ＪＡＳＤＡとＮＡＳＡの共同開発の話を、総理に繋いだとか」

「ほお。ところで、藤チャンは、伊勢田のことを、どのぐらい知ってるんだね?」

「原子物理学者ですよね」

「確かに伊勢田は、原子物理学者だが、彼の専門は、核兵器だ」

3

諏訪湖の畔《ほとり》にあるベンチに腰を下ろし、南方建克はじっと湖面を見つめた。極寒の満州で、何度この故郷の春のきらめきを思い出したことか。

自然は、優しいだけではない。時に厳しく人間や社会に襲いかかり、命を奪うことすらある。しかし、そこには摂理がある。

〝神と自然から離れて行動することは困難であり、危険でもある。なぜなら、われわれは自然をとおしてのみ神を認識するのだから〟

ゲーテがシュトラースブルク時代を回想して記したという書の一文だ。その言葉を知った時、建克は、諏訪で生きる者の指針だと思った。

だとすると、季節外れの御神渡りにも、神の意志があるのではないか。

本来、立春までに現れる吉兆の印が、今年に限って立春を過ぎた。それが、神の啓示なら、その「異例」を何と読み解けばよいのか。

「お待たせしました」

背後から声がして、建克は振り向いた。

息子が立っていた。

「いや、大して待ってないよ。ここに座らないか」

建信は、素直に父の隣に腰を下ろした。

「話がある」と建信から電話があった時は、つまらぬ選挙に巻き込んでと怒りをぶちまけられるのかと覚悟した。だが、そんな話でもなさそうだ。

「体調は、いかがですか」

「八七歳にしては、元気だよ」

「心臓の方は？」

建克は、心臓に爆弾を抱えている。

「なんとかね」

「じゃあ、選挙に出てください」

思わず息子の横顔を覗き込んでしまった。

「当確師を名乗る男が、僕のところに来ました。でも、彼は僕を推すつもりはなかった。父さんが会えと言うから、会っただけだと思います。でも、父さんが打倒岳見の狼煙《のろし》を上げてくださるなら、僕も腹を括ります」

「おまえ、何を考えている？」

「これは、当確師も知らない話ですが、岳見は諏訪湖に原子力エンジンの研究施設を建てるつもりです」

今の発言は聞き捨てならなかった。芦原湖じゃなかったのか。

「ＪＡＳＤＡにいる友人に、岳見が企んでいるプロジェクトの情報を集めてもらっているんです。彼によると、芦原湖では、敷地が確保できないそうです。さらに、研究施設には莫大な水が必要らしく、総合的に考えると、諏訪湖でないと難しいとか」

なんという恐ろしいことを。

「それだけじゃありません。岳見は、表向き原子力エンジンの開発施設を誘致すると言っていますが、本当は、核兵器開発を考えているとか。尤も、それは伊勢田の爺さんから聞いたんですが」

4

六本木から二時間半をかけて、聖と碓氷は、岡谷に到着した。

南方建克の情報入手が難航していた。そこで、大田に相談したら、「岡谷へ行け」と言われたのだ。

諏訪湖の北西部に位置する岡谷市は、二〇世紀初頭に製糸業の中心地として栄えた。やがて、製糸業が衰退すると入れ替わりに、時計やカメラなどの精密機械工業が盛んとなり、「東洋のスイス」と呼ばれるまでに至った。

二人が、訪ねたのは、老人ホームだった。

諏訪湖を見下ろす広大な敷地に建つそれは、一般人には到底入所できそうもない高級ホームだった。

「入所の最低額が、八〇〇〇万円だそうです。なのに、二〇人以上が入所待ちとか」

シャンデリアが下がる天井の高いロビーで、碓氷が囁いた。

「特別なサービスでもあるのか」

「まるで下僕のような徹底したホスピタリティと最良の医療体制、そして、三ツ星獲得の和洋中各料理人がプロデュースする贅を尽くした食事、だとか」

俺なら、八〇〇〇万円は別のものに使うな。

「お待たせしました。荻野《おぎの》様は、テラスでお会いになられます」

エンブレム付きの制服を着た女性が、案内に立った。

庭園に続くウッドデッキに、丸テーブルが一〇台ほど置かれていた。案内係は、建物から一番離れた場所にあるテーブルに歩を進めた。

小柄な男性が、ゆったりと背もたれに体を預けて本を読んでいる。

「荻野さま、お約束の聖様と碓氷様です」

老人は本を閉じ、空いた椅子を二人に勧めた。

「座ったままで失礼しますよ。膝が悪いもんでね。立ち上がるのも億劫《おっくう》なんだ」

明瞭な声で、老人は「荻野孝太郎《こうたろう》です」と名乗った。

荻野は、建克の幼馴染みだった。建克が満州から帰国後、友達づきあいは復活し、現在に至るまで、無二の親友としての関係が続いているらしい。

荻野の家は、代々続く材木問屋だった。経済的にも恵まれ、建克が母と二人で帰国した時には、荻野の父親が経済的支援をしている。

政治には関心がなく、ひたすら家業と地元振興に汗をかき、諏訪地方の経済界の重鎮として、確固たる地位を築いた。

建克も矍鑠とした「若々しい高齢者」だったが、荻野もそれに負けない八七歳だった。髪は黒々とし、ツイードのジャケットに蝶ネクタイというスタイルが似合っている。

聖と碓氷が名刺を渡すと、「当確師さんか。面白いお仕事をされていますな」と、興味深そうに言った。

「ヤクザな商売です」

「それで、建ちゃんと勇ちゃんのことを、お知りになりたいとか？」

建ちゃんと勇ちゃんと言われると調子が狂うが、聖は「そうです」と返した。

「私を含めた三人は、年も一緒の幼馴染みで大の仲良しだったのは、ご存知ですかな？」

早逝しているが、勇太郎が建克と同年生まれなのは、知っていた。

「南方さんと岳見勇太郎先生が、親友だったなんて話は、存じませんでした」

「建ちゃんは、大堀先生の後援会長だったからねえ。でも、無二の親友だった」

「なのに、岳見先生の後援会に参加されなかったんですか」

「政治的な考えには開きがあった。それに、建ちゃんは、先代の大堀先生に大きなご恩があった」

荻野は、二人の客に、ポットから紅茶を注いで供した。

「国防論に関してだね。もっと言うと、核保有の是非についてだよ。勇ちゃんが、核武装論者だったのは、知っているよね？」

「日本が真の先進国となるためには、核保有は必須だという主張をされていたとか」

「建ちゃんは、それを絶対に認めなかった。だから、何と言われようとも、勇ちゃんの政治活動に協力しなかったんだよ」

建克の平和維持に対する思いは揺るぎない。平和活動には寄付もすれば、様々な支援も惜しまない。だが、軍拡などについては、声を大にして反対している。

「建ちゃんの妹が、終戦後に帰国できずに悲惨な死を遂げたのは知ってるでしょ。さらに、お父上も、関東軍のせいで失っている。嫌って当然だね」

戦争を憎んでいるのは、荻野も同様に思えた。

「それでも、私を含めた三人の友情は、ずっと変わらなかったよ。勇ちゃんが亡くなるまではね」

二五年前、岳見勇太郎代議士は、霧ヶ峰から白樺湖に続くビーナスラインで交通事故に遭い、不慮の死を遂げている。

「ところで、建ちゃんを衆議院選に出そうと画策しているそうじゃないか」

「岳見総理を選挙で落として欲しいと、お声がけしました」

「そいつは、傑作だね。私も乗るよ。それにしても、また、随分と年を食った新人候補を擁立するんだね」

「候補者に年齢は関係ありません。志と人望があれば、私は一〇〇歳の方でも、擁立します」

「あんたは建ちゃんの全てを知って推しているんだろうね」

「まだまだ不充分なんです」

荻野は、紅茶を一口啜り、背もたれから体を起こした。

「建ちゃんは、諏訪では『南方の旦那』と呼ばれてたのは、知っているね?」

「それは、南方家の総帥とは異なる意味で、呼称されていたということですよね」

「まあね。命からがら満州から逃げ帰って、本家の物置で母と二人で暮らした建ちゃんは、生きるためにいろんなことをやった。表向きは、大堀製糸の工員として熱心に働いたことになっているけど、それ以外の副業もあれこれやっていた」

戦後のどさくさの中、子どもから大人まで、「生きるためにいろんなことをした」人は多い。

「闇屋をしていたとか、そういう話ですか」

「闇屋もしていたな。喧嘩も強かった。知恵の回る賢い少年だったから、今なら悪事と呼ばれるようなことにも手を染めてたな」

「いわゆる愚連隊のリーダーだったたってことですか」

「ちょっと違うな。自警団というか、街の困り事をよろず引き受けるような仕事を仕切っていた。でも、ヤクザじゃないよ」

現代社会では、そんな役目をする者は皆無だが、昭和の時代には、地域の揉め事を解決する役割を担った影のドンが存在した。

「だから、彼は表舞台には、出にくかったんだ」

建克が、出馬を躊躇っている理由の一つは、それか。

「違法行為をしていたわけじゃないんでしょう」

「人は殺していないよ。でも、敗戦から昭和四〇年代くらいまでは、乱暴な時代だったからねえ」

「では、南方さんが、衆院選挙に出馬するのは、不都合でしょうか」

「どうして？　人を大勢殺せと命令した者も、たくさん政治家になってるじゃないかね。実際、今の総理だって、ロクな男じゃない」

「総理も、人を殺しているとでも？」

「そこは微妙だね。でも、あれは殺したようなもんだと私は思っているけど」

ずっと好々爺《こうこうや》然としていた荻野の顔が険しくなっていた。

「ちなみに、誰を殺したようなものだと」

「そりゃあ、あんた。勇ちゃんだろ。その話を私に聞きに来たんじゃないのかね」

5

俊一が、見つからなかった。

編集部を出た藤森は、その足で諏訪に向かった。その道中で、あらゆる方法で俊一に連絡を取ろうとしたが、応答がなかった。

「レイカーズ」にも電話を入れたのだが、今日は休業日だというアナウンスが流れた。

最後は、一葉にも問い合わせたが、〝知らない〟とそっけなく返された挙げ句、〝マズいことが起きたから、今晩、時間頂戴。絶対に、会わなきゃダメだから!!〟と脅された。

すっかり気が重くなった藤森は、夕暮れが迫る頃、中央高速諏訪インターを降りた。

コンビニを見つけると車を停め、ホットコーヒーとドーナツを買った。一息ついて、もう一度思いつく限りの場所を当たってみようと、スマートフォンを手にした。

ディスプレイにＬＩＮＥの受信通知が浮かんだ。

俊一だった。

〈レイカーズで会おう。通用口は開いてるから〉

休業だからいないと判断したのは早計だった。

コーヒーを一口飲んで、エンジンを始動させた。


「おまえさぁ、インターフォンくらい鳴らせよ」

換気扇の大掃除をしていたらしく油まみれの純平がぼやいた。

「俊一は？」

「上にいるよ。珍しくスーツ着て、ネクタイまで締めてたぜ」

階段を上がると、ノートパソコンのキーボードをせわしなく叩いている俊一がいた。

確かにスーツ姿だ。しかも、普段はぼさぼさの髪も、短く整えられている。

「あっ、大、いらっしゃい」

「その格好は、何だ？」

日が傾き始めているので、室内は薄暗い。

部屋の照明のスイッチを入れて、俊一の前に座った。

「何で、電話に出ないんだ」

「ごめんごめん、ちょっと色々取り込んでてさ。俺、選挙に出ることにしたんだ」

世間話のついでのように言われたので、うっかり聞き流すところだった。

「えっと……。選挙って、県議選か」

「何、バカなこと言ってんだよ。衆院選に決まってるだろ」

「ちょっと待て」

スーツの胸ポケットから、ＩＣレコーダーを取り出した。

「記事にしていいってことだな」

「ぜひ、お願いします」

藤森は、録音ボタンを押した。

「もう一度聞くぞ。おまえ、何の選挙に出馬するんだ」

「次の衆議院議員選挙だ」

「どこから出るつもりだ」

「長野四区」

「つまり、おまえの父親である岳見勇一総理と同じ選挙区から出るんだな」

「ピンポーン。俺があいつに引導を渡してやる」

「それが、出馬動機か。もう少し、具体的に話してくれ」

「あいつが諏訪湖でしようとしている核兵器の開発を、阻止したい」

血の気が引いた。核兵器だと。原子力エンジンじゃないのか。

「その話、動画で撮ってもいいか」

「そのつもりで呼んだんだよ」

6
「勇ちゃんの事故のことを、どの程度ご存知かな？」

夕暮れと共に冷えてきたために、三人は、建物の中に移動した。窓の向こうでは、諏訪湖が夕陽に映えて輝いている。

「蓼科《たてしな》高原から白樺湖に抜けるビーナスラインで酷い濃霧に見舞われて、ハンドル操作を誤り崖に転落、炎上したと」

答えたのは、碓氷だった。

「それは、公式発表だよね。でも、実際は、暗殺だった」

聖は黙って話の続きを待った。

「これからの話を信じるか、信じないかは君らの勝手だ。勇ちゃんは、事故当時、一ヶ月後に控えた保守党の総裁選挙で、総裁就任が確実視されていた。宿願だった核武装の準備を密かに始めた」

それは、事実だった。

「無論、建ちゃんは、猛烈に怒り狂って、大反対した。でも、勇ちゃんも引かない。そんな時に事故が起きたんだ」

諏訪の本宅に戻っていた勇太郎は、深夜にドライブに出かけた。息子の勇一も同乗していた。そして、車が崖から転落して炎上した。勇一は助手席のドアが開いていて、落ちる途中で車外に放り出されて生き延びた――。

そんな時刻にドライブに出た理由について、勇一は「父は、考えを整理したくなると、深夜に、愛車でドライブをする習慣がありました。時々、僕も同乗していました」と答えている。

「勇ちゃんが、深夜にドライブをする習慣があったことは、彼をよく知る人なら、みんな知っていた。また、時々勇一が同乗したのもね。でも実は、勇一は事故の時、同乗していなかったんだ」

「しかし、事故現場で、気を失って発見されたのでは？」

碓氷の指摘に、「まあ、待て」と言いたげに、荻野が人差し指を立てた。

「勇ちゃんは、即死じゃなかった。全身に大火傷を負ったけど、数日間は生きていた。そして、病院に建ちゃんが呼ばれたんだ」

荻野はその時、海外出張中だったのだという。

「虫の息だった勇ちゃんが、事件の顚末を語った。ビーナスラインの事故現場付近で、道路を塞いでいた車のせいで、勇ちゃんは停車せざるを得なかった。突然、勇一が車から降り、別の人物が乗り込んできたそうだ」

その人物は、勇太郎に銃を突きつけた。そして、命令に従わない場合は、息子を殺すと脅した。

「実際に、勇一は、二人の男に拘束されて、銃を向けられていたそうだ。勇ちゃんは従うしかなく、そのまま車を走らせた。そして、停止を命じられた後、頭を殴られて気を失った。次に意識を取り戻した時には、車は転落し、炎に包まれていた」

にわかには信じがたい妄想にも思える。だが、荻野は話し続けた。

「勇ちゃんは、頭を殴られる前に、同乗していた男から『日本が核武装することは、世界が許さない。なので、先生には翻意して戴きたい』と言われたそうだ。それを勇ちゃんが、拒絶すると、『では、あなたには死んで戴きます。息子さんは、我々の意志を後世に伝えるためにお救いする』と言われたそうだ」

そして、勇太郎は、「身のほどを知った。だから、自分は今日で核武装を諦める。勇一にも、そう伝えてくれ」と言い残し、息を引き取った。

「勇太郎先生を脅迫し、殺したのは、誰ですか」

「さあねえ。建ちゃんは、アメリカの情報機関だろうと考えているけどね」

少々荒っぽいが、あり得る話ではある。

「この話を、ご存知なのは？」

「今日までは、建ちゃん、私、そして勇一の三人だけだった」

「勇太郎先生の秘書や、核武装を志していた他の保守党議員は知らないんですか」

「真相が世間に知られたら、勇一の命はないと脅されていたからね。秘書の中に裏切り者がいるが、それが誰かは分からない」

「岳見総理が、勇太郎先生を殺したも同然だと、おっしゃいましたが」

「当時の勇一は、詐欺まがいの不正ビジネスはやるわ、マリファナをはじめ麻薬にも手を出すわで、今の俊一より酷い問題児だった。多額の借金も抱えていた勇一は、それをチャラにしてやると持ちかけられたんだ。そして、父をドライブに誘い、出発時刻を暗殺者に伝えた。奴の名誉のために言い添えると、父に重大な政治的な話があるからビーナスラインまでドライブに誘えと言われただけで、まさか殺されるなんて思わなかったんだろう」

「今の話が事実だとしても、この期に及んで核武装ですか」

「あの子は、何事にもトロいからね。ようやく勇ちゃんの敵を討ちたくなったんじゃないかな」

「伊勢田氏が、唆したという説もあります」

辛そうに話していた荻野が、顔を歪めた。

「それが事実なら、伊勢田が勇一の古傷を抉《えぐ》り、今こそ敵討ちをする時だと言ったんだろうな」

だが、その程度で核武装を決断するほどバカでもなさそうだ。総理はなかなか策士でもある。浪花節《なにわぶし》の敵討ちだけが理由だとは考えられなかった。

「勇一は、誰が反対しても、核武装を諦めないと、私は思う。議席を奪うしか、奴の蛮行を止める方法はないだろう。そして、それが出来るのは建ちゃんしかいないかも知れんな」

「なるほど。ただ、南方さんは、出馬を固辞されています」

「そうかね。彼に、勇一が核武装を企んでいると言ったかね？」

「いえ」

「じゃあ、言ってみたまえ」

第五章

1

一三三日前——

誉と晴美は、首相官邸の応接室にいた。

「お母さん、緊張しているの?」

「滅茶苦茶、緊張している。ホマは大丈夫なの?」

こんな場所、誰だって緊張する。しかも、岳見勇一は、自分の社会的地位を奪った人物なのだ。

突然の呼び出しだった。一昨日、岳見事務所の秘書、塩釜昭文という人物から、「ご子息を首相官邸にご招待するという総理の約束を果たしたい」という連絡が来た。

夫だけではなく、義父にも相談したところ、「誉の気持ちを優先しよう」となった。

息子に尋ねると、「行きたい！」と即答した。

官邸に招待されたのは、誉一人だったが、付き添いとして三人まで同行可と言われた。そこで、晴美、誉の担任の小藤、さらに芦原湖の里山保護活動の副代表で同級生の安齋《あんざい》みずきが同行していた。

ドアがノックされて、女性スタッフが「ご案内します」と声を掛けてきた。

腹を括り、晴美は息子に続いて廊下に出た。

「官邸の中は、二重廊下になっているって小説で読んだことがあります」

人懐っこい誉が、塩釜に話しかけた。

「よく知ってるねえ。外廊下は、ガラス張りになっているから、メディアからも見えるんだけど、今、歩いている内廊下は、完全に遮断されているんだ」

「塩釜さんも、普段はここで働いているんですか」

「数ヶ月前までは、そうだったんだけど、今は、諏訪にいますよ」

息子の雑談を聞く内に、晴美は落ち着いてきた。

ある部屋のドアの手前で、案内人が立ち止まった。

「総理のご希望で、皆さんとの面談には、メディアの代表者が同席します。また、冒頭の三分は、官邸記者会の記者とカメラマンがおります。よろしいでしょうか」

そんな話は聞いていないと、異議を唱えようとする前に、誉が「もちろんです!」と返してしまった。

誉が部屋に入った瞬間、凄《すさ》まじい量のストロボの閃光が放たれた。

総理は満面の笑みを浮かべて部屋に入ってきた。そして、そのまま誉の方に進んだ。

「いやあ、誉君。ようこそ、官邸に」

「お招き戴きありがとうございます。わくわくして、昨日の夜は眠れませんでした」

「お母さんですね。はじめまして、内閣総理大臣の岳見勇一です」

「誉の母、南方晴美でございます。この度は、お忙しい中、息子との約束を叶えて戴き、ありがとうございます」

「堅苦しい挨拶は抜きにして、気楽にお過ごしください。僕は、誉君に目を覚まさせてもらったんですから、これぐらい当然です」

そこで、広報官が仕切って、メディア用の記念写真となった。

それが終わると、代表の記者二人とカメラマン二人を残して、メディアは退室した。

面談は一〇分間だと、塩釜から言われている。

「先ほど総理は、僕に目を覚まさせてもらったとおっしゃいました。でも僕にはよく分かりません」

誉は、相変わらずリラックスしている。

「僕は地元の素晴らしさを忘れかけてたんだよ。自然に恵まれた故郷を大切にするのは、日本を大切にすることに繋がるって、君から教わったんだよ」

晴美は我が耳を疑った。

夫の生物多様性プロジェクトを、徹底的に潰した男がよくも、いけしゃあしゃあと！

「じゃあ、ぜひ芦原湖の素晴らしさを残してください」

「もちろんだよ。今日、会ったら誉君に伝えようと思っていたんだけど、日米の共同研究所は、芦原湖には作らない。それはここで、僕が約束する」

「本当ですか、ありがとうございます！　総理にお会いしたら、一つだけ、教えて欲しかったことがあります」

「いいとも、何でも聞いて」

ゆったりと背もたれに体を預けていた岳見が、身を乗り出した。

「芦原湖には研究施設は誘致しないけれど、諏訪湖で行うと、ある方から教わりました」

岳見の顔がこわばった。

「そして、総理がおやりになりたいのは、核兵器の開発だと聞いたんですが、本当ですか」

室内に晴美も見覚えのある政務秘書官が入室した。そして、メモを岳見に手渡した。

「ごめん、その話は、また改めてにしよう」

それだけ言い残すと、岳見は秘書官と一緒に出ていった。

一〇分どころか、五分も経っていない。

2

「単刀直入に言います。我が父にして、内閣総理大臣・岳見勇一は、諏訪湖畔に巨大な核ミサイルの研究開発施設の建設を計画しています」

午前九時に、ホテルオークラにセッティングされた記者会見場に詰めかけた大勢の記者を前に、俊一は堂々とした態度で、明言した。

舞台袖に立つ藤森も、さすがに緊張していた。

「この研究施設では、米国航空宇宙局《NASA》と日本宇宙科学開発機構《JASDA》による、原子力エンジンを共同開発すると一部で噂になっていましたが、それと同時に密かに核ミサイル開発を企んでいるんです」

それまで「岳見家の落ちこぼれ」の発言を、致しかたなく聞いていたメディアの顔つきが、ようやく変わった。そしておびただしいストロボの明滅。

「詳しい内容は、今日発売の『週刊文潮』に書かれていますが、このような事実を私が知っているのは、父が核兵器開発推進を主張する原子物理学者の伊勢田豪先生と会談した時、私が同席していたからです」

会場の記者に強い衝撃が広がっているのが見て取れた。

「私は、信州の諏訪湖畔で生まれ育ちました。諏訪大社を信奉し、日本古来の聖地として、地元のみならず日本中から愛されてきた土地です。

皆さんもご承知の通り、私は父にとって不肖の息子でした。私がご迷惑をおかけした多くの方々に、この場でお詫びしなければなりません。

その罪滅ぼしとして、ふるさとの自然と聖地を守ることに、残りの人生を捧げようと決めました。そして父の暴挙を阻止するべく、不肖、岳見俊一は次期衆議院議員選挙に、父と同じ長野四区から立候補することを表明致します」

＊

首相公邸の談話室で、塩釜は総理と並んで俊一の記者会見を見ていた。官房長官の塙丈《じょう》一《いち》も同席していた。

会見の中継が終わったところで、塙がうなり声を上げた。

「岳さん、厄介だな」

年齢は岳見の八歳上だが、ほぼ当選同期の塙は、プライベートでは、総理を「岳さん」と呼ぶ。企業人を振り出しに、県議会議員から衆議院議員へと駒を進めてきた苦労人だ。岳見のような思いつきの発言や行動は一切しないし、根回しも巧みだった。

「まあ、俊ちゃんもたまには男気を見せたいんでしょ。いつも覇気のないぼんくらだと言われてきたんだから、いいんじゃないの」

岳見は、全く意に介していないようだ。この余裕は何だ。

「じゃあ、放置するのか」

「泡沫《ほうまつ》候補にいちいち、反論してもしょうがないでしょ」

塙も驚愕している。

「総理、お言葉ですが」と塩釜が口を挟もうとすると、岳見がそれを制した。

「息子としては、天晴《あっぱ》れと褒めてやるよ。でも、対立候補としては、相手にならないでしょ」

だが、核武装の件は放置できない。

「悪いが、今回の問題は、君ら父子だけの問題としては、片付けられんよ。俊一君の立候補はともかく、核ミサイルなんて与太話は断固否定しなければ」

「丈さんさあ、そんな話、これまで僕は一度もしてないだろ。総理が、核武装を企んでいると告発するなら、確固たる証拠がいるでしょ。俊ちゃんが『聞いた』程度では、デマでしかない」

俊一は「僕を追い出して伊勢田の小父さんと二人っきりで密談した」と言っていたが、その内容を摑んだから、告発したと考えるのが自然だ。

だが、岳見の態度を見る限り、俊一には証拠がないと確信しているようだ。

「では、核武装については、俊一さんの根拠なき言いがかりであると、私がこれから緊急会見を開いて、明言する」

塙の判断は、官房長官として当然だった。

「そんなことしなくていいって」

「いや、岳さん、この告発はアメリカをはじめとする核保有国のみならず、近隣諸国が過敏に反応する。それを防ぐ必要があるんだ。それぐらい理解できるだろ」

塙は、岳見の肩を叩くと、総理執務室を後にした。

「まったく俊ちゃんも、面倒なことをしてくれたもんだよ」

さっきは、褒めてたじゃないか。

「総理、もう一度、お尋ねします。俊一さんが証拠を持っているかどうかではなく、核武装についてのお考えを、きっぱりとおっしゃってください」

「何言ってんだよ。そんな面倒なことをするわけがないだろ。そこまで僕はバカじゃない」

残念ながら、塩釜は信用していない。

確信があるわけではない。だが、少なくともこの男は、俺に何か重大なことを隠している。

「総理、いや、勇一さん、火種は、しっかりと消し去りましょう」

「火種って？」

「俊一さんは、今は泡沫かも知れません。しかし、放置すれば、面倒な対立候補になりえます。そうなる前に、俊一さんが何を握っているのか、はっきりさせましょう」

「冗談でしょ。あいつに何ができるんだ」

しかし、今回は今までと何かが違う気がしている。

3

「御宿　みなかた」の客室で、岳見俊一の出馬宣言を見ていた聖に、女将が声をかけた。

「大変恐縮でございますが、父がお話があると申しておりまして」

聖としても、望むところだった。

碓氷を誘い、女将に続いた。

和室に案内されると、建克が建信と二人で待っていた。

「お呼びたてしてしまい、申し訳ありません。先日、聖さんからご提案戴いた次期衆議院議員選挙に、挑戦してみようと思うのですが」

改めて断られると覚悟していたので、拍子抜けした。

「よくご決断くださいました。心からお礼申し上げます。不躾で恐縮ですが、出馬を決意された理由を伺えますか」

「岳見俊一君の記者会見がありましたが、彼の言う通り、総理は諏訪湖で、核兵器を開発するつもりです」

「つまり、核兵器開発問題を追及されるということで、よろしいのでしょうか」

「それだけでは、ダメですかな。あんな男を諏訪人の誇りだと持ち上げるのは、もはや我慢ならない」

「ところで、建信さんが同席されている理由を伺えますか」

「私は、叔父の選挙参謀を務めます。聖さんは、公選法で告示後は表立って動けないと伺ったので。

また、公選法に抵触しない範囲で、誉も行動を共にしたいと言っています」

誉を選挙に利用するのか……。

「晴美さんは納得されたんですか」

「妻は最初は反対でした。でも、最後は誉の意思を尊重すると」

「大変失礼ですが、建信さんは、お父様とも絶縁状態にあり、社会からも距離を置かれてましたね。それだけに、この変貌ぶりに驚いているのですが」

建信が苦笑いを浮かべた。

「私たち家族とも因縁のある岳見総理を倒すために、父が立ち上がりました。ならば、私たちも応援するのは、当然です」

そんな建前は、信じられない。

そもそもこの男は、環境省時代、主導したプロジェクトの実現のために戦略を練った。諏訪に戻ってからの数年は、世捨て人のようだったが、性根はそう簡単には変わらないはずだ。

建信が言ったあとを、父が継いだ。

「私は誉の代理として出馬します。あの子が訴える諏訪の自然を守りたいという情熱を無にしたくない」

4

記者会見を行ったホテルのスイートルームで、藤森は俊一を軟禁した。

今の心境、さらには衆院選出馬に対しての意気込みを、独占取材するためだ。

記者会見での重圧から解放されたせいだろうか、俊一はすっかりリラックスして、饒舌だった。

ルームサービスでランチを注文しようとインタビューを中断した時、携帯電話が鳴った。

デスクの大喜多からだ。

〈先ほど、官房長官が緊急会見をして、俊一氏が発言した核武装について、全面的に否定した〉

想定内ではあった。

〈それから、伊勢田のおっさんが行方をくらました〉

伊勢田には、影浦がアタックすることになっていた。彼が霧ヶ峰の別荘に行ったら、もぬけの殻だったらしい。

〈おまえ、行き先に心当たりはないか〉

「すみません、まったく分かりません」

〈俊一に聞いてみてくれ〉

電話を終えると、藤森は俊一に尋ねた。

「分からないな。でも、塩爺なら知ってるかも」

知っていても、塩釜が教えてくれるはずがない。

「ところでさあ、今、親父からLINEがきたんだけど」

そう言って俊一は、スマートフォンを見せた。

〈俊君、やるじゃん。

ちょっと、急ぎで話があるんで、居場所を教えて。迎えをやるから〉

軽い調子だが、焦りが滲んでいる。

「会うべきだろ」

「僕一人で?」

「総理が認めてくれたら、俺もご一緒するけど、無理でしょ」

*

建克父子との長い面談を終えた聖に、碓氷が動画ニュースを見せた。

首相官邸を急遽《きゅうきょ》訪れた新垣陽一副総理の映像だった。

「ご子息の会見を見てびっくりして飛んできたんや。まずは、核兵器開発っちゅう、とんでもない話の事実確認をした」

「総理は、何と?」

「そんなはずないだろ、と笑い飛ばしてた」

「では、岳見俊一さんの発言は、ウソだと?」

「総理は、そう言うてた。けどな、火のないところに煙は立たへん。このまま放置は、ありえへん。即刻、会見開いて核武装疑惑について否定して欲しいとお願いした」

新垣としては、当然の対応ではあるが、総理の座を狙っている人物だけに、総理攻撃の最大のチャンスを逃さなかったとも言える。

「最近、我が党は緩んどるやろ。で、次の衆院選では、閣僚及び党三役は、比例区での重複立候補をせず、気を引き締めるべきとちゃうかと提案したら、まったく同感と、おっしゃってた」

映像は、そこで終わった。

昨夜、新垣本人から電話があり、「本気で、岳見のガキを落とすつもりか」と聞いてきた。

「もちろん！」と即答すると、「ほな、あんたの博打《ばくち》にわしも乗るわ」と新垣は言った。

物事には潮目がある。今はそういう時だと、聖は思った。

＊

「なんで、あんな安請け合いを副総理になさったんです！」

執務室で二人きりになった塩釜は怒りと不安で卒倒しそうなのを耐えて、岳見を責めた。

「何を怒ってるわけ？」

「比例区での重複立候補をしないという約束に決まってるじゃないですか」

「それって、僕が俊ちゃんに負けるとでも思ってるわけ？」

「ベルモンドさんから、何も聞いてないんですか」

「何を」

「当確師の聖達磨が諏訪にいるんですよ」

「ああ、あのいけ好かない奴か。まさか、俊ちゃんの選挙コンサルになったとか。まるで、お笑いだな」

　あんたが、お笑いだよ。

「聖を雇うなら、かなりのカネが必要です。さすがに俊一さんではないでしょう。もっと有力な候補を擁立するとみられます」

「比例区での重複立候補をやめるというのはさ、いいでしょ。万が一、僕が選挙区で負けて、比例復活しても、総理としては終わり。だから、ここは大見得切って当然でしょ」

　なるほど、そこまで腹を括っているのであれば、いい。

「それで、当確師野郎が、刺客を立てて僕を倒そうとしているとしても、本当に負けるリスクなんてあるの？　もしそうなら、後援会は何をしているわけ？」

　昭文からは、後援会や秘書の中に、俊一への乗り換えを考えている者が複数いるという情報が上がってきた。

「後援会に対してのテコ入れは、既に始めています。しかし、聖が誰を推しているのかが、さっぱり分かりません。それを探っていたら、いきなり副総理が、妙な話を持ち込んだ」

　総理がにやけ顔をやめた。

「つまり、新垣の親父と当確師が組んでいるってことか」

よかった。まだ、完全に脳が腐っているわけではなさそうだ。

「私は、そう見ています。だとすると、本当にあなたを倒せる人物を擁立するかも知れません」

「そんな奴が、諏訪にいるかい？」

「南方建信」

「ああ、あのエリートくんね。でも、彼は棺桶《かんおけ》に片足つっ込んでるじゃん。十二歳の息子に被選挙権があったら、ちょっとは心配だけど、建信ちゃんは選挙に立つ気概なんてないさ」

そう思いたい。

あいつは、厄介だからだ。

結局、実現はしなかったものの、かつては、地元の友人たちに担がれて選挙に出ようとしたことがあった。

「聖の件、ベルモンドさんから、本当に何も聞いていないんですか」

「まったく。なんで、メリルがそんな気になんの？」

「彼女は、聖氏と極めて親しいからです」

5

碓氷が部屋を出て行ったのと入れ替わりで、建信が訪ねて来た。

「少しだけお時間を戴いてもよろしいでしょうか」

「もちろんです」

あんたとは明日の朝まで語り尽くしたいくらいだけどな。

「以前、私を国政に担ぎ出そうという勝手連的な動きがありました。これは、その時の幹事団と、彼らが集めてくれた長野四区の支援者名簿です。基本的には、私の幼馴染みや大学、さらには官僚になってからの友人が中心です」

幹事団は、一七人いた。諏訪市議二人に、諏訪市職員労働組合書記長、青年会議所理事長、あとは三〇代四〇代の若手経営者や学者、そして自然保護団体代表などという顔ぶれだった。

支援者名簿は、五〇〇〇人ほどだが、彼らを起点にして、さらにネットワークを広げていけばいい。

「あなたの支援者ですが、それがそのままお父様の支援に繋がりますかね」

「全員は難しいかも知れませんが、八割は固いかと。それと、これは父が歴任した地元の団体のリストです。それ以外に、父の支援をお願いできそうな方々もリストアップしています」

地元の経済界を中心に、幅広い分野で建克は代表や理事を務めていた。まさに「南方の旦那」としての面目躍如ということだ。

限られた時間で、支持者を集めるのは難しかっただけに、これらのリストは宝の山だった。

「いやあ、あなたがいてくれて助かります」

「別に大したことではありません。これぐらいは素人でもやれますから。ここから先は、当確師さんの腕に期待しています」

6

藤森の説得で、俊一は父に会うことにした。

同席できない藤森の代わりに、ICレコーダーを鞄に忍ばせた。

「親父は何を話す気だと思う?」

「おまえに核武装の話はウソだったと言わせたいんだよ」

「ふざけやがって」

「けど、喧嘩なんてするなよ。適当に殊勝な息子のふりをして、総理に好きに話させろ」

「なるほど、それを録音するわけか。いやあ、大は悪い人だね」

そう言いながらも、俊一は嬉しげだった。

チャイムが鳴った。

ドアチェーンをはずさないでドアを薄く開けると、意外な人物が立っていた。

「まあ、藤森さんじゃないの。どうして、ここに？」

「メリルさんがどうしてここに⁉」

「俊君に、用があるの」

「そんな人はいませんよ」

「またまたあ、私は総理の遣いできたのよ。だから、開けて頂戴」


ホテルオークラで開催されている国際フォーラムで演説をするついでに、岳見は控え室に俊一を呼び込み、二人だけで話をするつもりだと、メリルが伝えた。

そして今、藤森とメリルは控え室の外で待っている。

「なぜ、あなたが総理の側にいるんですか」

「私が、俊君の選挙参謀を務めることになったの」

「だって、あなた、総理の代理人でしょ」

「代理人じゃないわよ。さっきは頼まれたから、代わりに俊君を呼びに行っただけ。数日前に、俊君に相談されて選挙参謀をお受けしたの」

「それって、総理を裏切るってことですよね」

「それも、ちょっと違うな。確かに総理の相談には乗ってあげた。でも、彼を支持するつもりなんてないわよ。初志貫徹――。岳見を許した覚えはない。

俊君を応援するのも、その一環よ」

第六章

1

一〇二日前――

小学校の正門から少し離れた場所に車を停めさせた建克は、誉が現れるのを待っていた。

帰り支度を終えた子どもたちが次々と、下校していく。

「大旦那、いらっしゃいました」

運転手の延岡が、孫を見つけてくれた。

延岡は車を降りて、正門に駆け出した。

孫は友人達と一緒にいた。その輪に、運転手が近づいた。

延岡から話しかけられると、誉は素直に頷き、友人たちから離れた。

「おじいちゃん、どうしたの？」

車に乗り込むなり、誉は不思議そうに言った。

「ちょっと誉に聞いておきたいことがあってな」

建克は延岡に、芦原湖に行くように命じた。

「お母さんに連絡だけしておく」

誉は、ランドセルから、スマートフォンを取り出すと、ＬＩＮＥでメッセージを送った。

「誉は、将来何になりたいんだったかな？」

「今、ちょっと悩んでいるんだ」

「以前は、医者だったろう」

「そう。でもね、芦原湖の里山を守る運動をしていて、気づいたことがあるんだ。おかしいと思うことがあったら、自分が積極的に動かなきゃ、何も変わらないって」

「それで、具体的には、何になろうと考え始めているんだね」

「政治家になりたいと思っています」

「政治家は、世の中を変えられるのだろうか」

「一人じゃダメだよね。何かおかしいと思うことは世の中にたくさんある。僕は、それを、直していきたいんだ。そのためには、政治家しかないかなと思って」

誉らしい発想だな。

「期待しているよ」

「でも、なるだけじゃダメだと思っています。やるからには、勝たなくちゃ」

「勝つことより、挑戦する闘志が大切だとは思わないのかね」

「オリンピック精神？　母さんも同じことを言うけど、僕は結果が全てだと思います」

「勝たないと意味がないのか」

「はい」

所詮、子どもなのだ。誉は、運動も勉強もよくできる子だけに、人一倍勝ちにこだわるのは、致し方ないか……。

「今日、誉に聞きたかったのは、私の選挙のことだ。私が出馬するのを、どう思う？」

「僕は勝てると思います」

思わず建克は、孫の手の甲を何度か叩いた。

「ありがとう。だが、実際は、実力差は歴然としている」

孫が意外そうな顔をした。

「それでも負けない戦いをしたい。だから、しっかりと見ていて欲しいんだ」

車が、芦原湖の駐車場に到着した。

2

「下諏訪の皆さん！　こんにちは、岳見俊一です」

ＪＲ下諏訪駅前で、今日も俊一が辻立ちを始めた。出馬表明の翌日から、俊一は、最低でも一日に三度、選挙区内で街頭演説を続けている。マイクもなく、取り巻きもいない。伸びた髪をばっさりと切った三分刈りの頭に、「Ｉ　ＬＯＶＥ　諏訪」という鉢巻を巻いて、「本人です！」という襷《たすき》を掛けている。服装は、五つ紋の黒紋付羽織袴《はかま》という日本男児の礼装だ。

「我らが故郷・諏訪を無視し、政治の道具にするような男が、総理大臣でいいんでしょうか。岳見勇一は、日本の恥、諏訪の面汚《つらよご》しです。息子として、私はそれをお詫びしたい。そして、この手で、父に引導を渡したいんです」

「そうだ！　いいぞ！」

浅葱色《あさぎいろ》のダンダラ羽織を纏《まと》い、俊一の背後に立っている若い男女二人が、時折合いの手を入れる。

彼らは、「新鮮組」と呼ばれる支援集団で、三〇歳未満の若者で組織されている。

この応援スタイルが話題となって、このところ、頻繁にメディアに取り上げられる。今も、藤森の他に、東京のテレビクルー一組と、新聞記者が二人、俊一の演説を眺めている。

「昨日、私の枕元に光り輝く女性が立ちました。誰だと思います？ 諏訪大明神の姫神である八坂刀売神です。私はびっくりして、飛び起きようとしましたが、金縛りにあって動けませんでした。すると、姫神はこうおっしゃったのです。『諏訪は、日本人の魂。それを売り渡すような男を倒せ！』と」

「なんだか、無茶苦茶なこと言ってますよね」

いきなり、女性が藤森に話しかけてきた。

「亜里彩、首相番のおまえが、こんなところで何してる？」

信濃新聞で、地元の首相番を張る記者がいる場所ではなかった。

「単なる野次馬ですよ。電車から降りたら、面白い見世物が始まったから、ちょっとね」

彼女の話を鵜呑《うの》みにするつもりはなかった。上昇志向が強く、メリットのない事には目もくれない。そんな人間は、総理を非難するような人物に興味は持たないからだ。

「最初はバカぼっちゃんご乱心と思ってましたけど、思った以上に頑張ってますねえ」

「それは、だんだん見過ごせなくなってきたということか」

俊一の前に、人だかりができている。

「所詮、泡沫のあがきですけどね」

「信毎の調査は、泡沫じゃないと言っている気がするけど」

信濃新聞のライバル紙、信濃毎日新聞が今朝発表した世論調査では、俊一を支持すると答えた人が、一〇％を超えた。

「信毎は、アンチ岳見ですから」

それでも、出馬表明直後の調査では、俊一の支持者は三％弱だった。

「寿子さまが、陰で応援しているそうじゃないか」

「さすが元岳見番。でも、表立っては、何一つおっしゃっていませんからね」

「後援会の幹部が、続々と雪崩《なだれ》を打って俊一陣営に移っているのは、どう見てる？」

既に四人、岳見総理の後援会の支部長らが、俊一支持に回った。さらに、表立った動きは見せていないが、複数の幹部が寝返ったという噂もある。

「私が、それに答えると、地元紙記者の談話として使うんですか、『文潮砲』で」

「おまえが、オッケーならな」

「オッケーなわけないでしょ。ちなみに岳見陣営は、良いリトマス試験紙だと考えているようですよ」

「どういうことだ？」

「最近、後援会が形骸化しているところがあって、不満分子が一定数存在していたのは、先輩もご存知でしょ。それが、俊一さんの出馬であぶり出せた。だから、体よくお払い箱にもできる」

つまり、それだけ余裕綽々《しやくしやく》だと言いたいわけか。

「いずれにしても、先輩。夜道にはくれぐれも気をつけて」

「何だって？」

「一連の騒動の火付け役が誰なのか。このまちで知らない人はいませんからね。衆目一致で藤森大ってことになってますから」

捨て台詞を吐いて、亜里彩はタクシー乗り場に向かった。

わざわざそれを言いに来たのか。

だとすれば、岳見陣営は、俊一の出馬に本気で苛立っているということになる。

女子高生らに声援を送られて、俊一は嬉しそうに手を振っていた。

3

一〇〇日前――

その夜、なかなか寝付けなかった塩釜が、ようやく眠りに落ちた直後、ベッドサイドでスマートフォンが鳴った。ディスプレイを見ると、〝広報官〟とある。

時計を確認すると、午前二時一七分だった。

丑三《うしみ》つ時か……。

〈夜分に失礼します。「暁光《ぎょうこう》新聞」の一面に、総理の選挙区で最強のダークホース、出馬表明とありまして〉

「ダークホース？　誰のことだ？」

〈えっと、南方建克とあります。私には、どこの誰やら〉

一気に目が覚めた。

「建克だと!?」

〈ええ。ご存知ですか〉

大至急、「暁光新聞」に事実確認して、官邸に上がって来いと命じた。

ソファに脱ぎ捨ててあった服を再び身につけながら、秘書見習いを叩き起こし、車の準備をさせた。

あんな耄碌《もうろく》爺が今頃になって、何のつもりだ。

諏訪にいる昭文に連絡を入れた。

応答と一緒にGSサウンドの爆音が耳に流れ込んでくる。

「どこにいる?」

〈レイカーズで連れと飲んでる。何かあった?〉

こんな時刻まで飲んでいることに呆れながら、塩釜は息子に南方建克の件を告げた。

〈「御宿　みなかた」のご隠居さんのこと?〉

「おまえ、その程度しか知らないのか」

〈意味が分からないんだけど〉

だが、長々と説明している時間はない。

「とにかく事実関係を調べてこい」

「塩釜さん、車の用意ができました」

秘書見習いに声をかけられて、塩釜は自宅を出た。

＊

全く眠れずに朝を迎えた晴美は、芦原湖畔まで散歩に出た。

今日、誉は、義父の出馬会見に一緒に臨む。晴美は、息子が、義父の選挙に協力することには、今も納得していなかった。

選挙は、武器のない戦争とも言われる。だとしたら、子どもを戦争に巻き込むなんて、許しがたいことじゃないか。

なのに、義父ばかりか夫までも、「誉のやりたいように、させてやろう」と言うなんて。

この数日で、夫はすっかり豹変《ひょうへん》してしまった。今では東京にいた時よりも生き生きとして、一〇歳は若返って見える。

諏訪で暮らすようになってからは、どことなく空気が重苦しかった食卓でも、夫は積極的に話題を提供し、会話が弾んだ。

そして、夫は再び政治にのめり込んでいった。義父の衆院選出馬を積極的に後押しし、精力的に昔の友人たちと会っている。

誉の暴走がなければ、良かったのだ。あれが、全ての発端だ。あの時、一体誰がどうやって手引きして、あの子は、岳見総理の施政報告会に潜り込めたのか。

誉は、「友達のまどかちゃんのお祖父《じい》ちゃんが、岳見総理の後援会の偉い人で、僕らが総理にお願いがあると言ったら、招待してくれたんだ」と言っている。

本庄《ほんじょう》まどかの母親に尋ねたら、後でまどかに聞くまで知らなかったという。

誉とは何でも話せるのが、私の自慢だったのに。あの件に関しては、誉は一切話してくれなかった。

そうだ。あの日からだ、夫が変化し始めたのは。

「早起きだな」

声をかけてきたのは、夫だった。

「これから起きるであろうことが、怖くて」

「怖がることなんて、何もない」

「誉のために、政治には二度と関わらないと約束したはずよ」

「そうだね。でも、諏訪の人たちは、岳見総理の間違いを糺《ただ》さないといけないと声を上げたんだよ」

初めて聞く話だった。

「核兵器開発の情報って、誰が誉に教えたの？」

「さあ。誉は、ネットで調べたって言ってたけど」

「そんなはずがないでしょう。そんな重大かつ深刻な情報が、ネットで調べた程度で出てくるわけがない。もっと確度の高い情報を、誉に教えた人がいるんじゃないのかしら」

それが夫なのではないかと、晴美は疑っている。夫は情報収集のための様々なネットワークを持っている。そこで引っかかったというのであれば、頷ける。

「もしかして、僕を疑っているのか」

「いえ。でも、あなたは、知ってたんじゃないの。核兵器開発の話」

「まあね。でも、にわかには信じがたいと思っていた」

「誉にまた、発作が出たらどうするの？」

「だから、僕がそばに付くことにしたんだよ」

建信は、じっと晴美の目を見ている。

「もし、少しでも誉の体調に変化があったら、即刻あの子を連れて、私は実家に帰る。それでいいわね？」

「もちろん、そうしてくれ」

太陽が、芦原湖を照らし始めた。

不安を吹き飛ばすような湖のきらめきを見ても、晴美の気持ちは重くなるばかりだった。

4

建克の出馬表明の会場には、諏訪湖畔のホテルの大宴会場を用意した。

「暁光新聞」の記事のせいで、「御宿　みなかた」と南方家の電話は鳴り続けているらしいが、聖は選挙関連については、「午前一一時から記者発表」という情報以外の提供を禁じた。

おかげで、東京から大挙してメディアが押し寄せそうだという。そしてすでに、「みなかた」も南方邸も、メディア関係者が大勢で取り囲んでいるらしい。

この状況を想定して、建克は、会見場のあるホテルに前泊させた。

準備万端整った。聖も同じホテルに陣取り、客室のベランダから双眼鏡で諏訪湖を見ていた。

湖畔の一角では、廃工場の取り壊し作業が行われている。

元は、日本有数の精密機器メーカーの基幹工場だった。国内生産の減少にともない、二年前に操業を停止していたのだ。

それが先月、売却されていた。売却先は、大亜《だいあ》不動産という国内有数の大手だが、そこからさらに転売されていた。

オーナーになったのは日本科学技術推進協会という公益社団法人だった。だが、この法人に、大規模工場を購入するだけの資金力はない。金主は、どうやら日本宇宙科学開発機構《JASDA》のようだ。

つまり、今ホテルから見えている作業現場に、原子力エンジン開発研究所の建設が計画されている。

「聖さん、『週刊文潮』の藤森さんをお連れしました」

関口健司に声をかけられ、聖は部屋に戻った。

貧乏くさい無精ひげの男が入ってきた。冴えない売文屋だな。

「わざわざお越し戴きありがとうございます。当確師の聖達磨と申します」

「どうも、『週刊文潮』の藤森です。当確率九九％の選挙コンサルタントに、お会いできるなんて光栄です」

聖は、ソファに藤森を座らせて、正面に腰かけた。

「一度、あなたにお会いしたかった。岳見総理の御用新聞社の記者なのに、南方誉君の発言と岳見の傲慢な態度を、世に放ってくれた。昔気質《かたぎ》のジャーナリスト魂は健在だと安心しました」

「そんな大層なもんじゃありません」

「だが、それで、あなたは会社を追われたわけですから、勇気ある記事でした」

褒められても嬉しくないという鬱憤が、全身から溢《あふ》れ出ている。日々の仕事を適当にこなしていれば、それなりの給料を得られた職を棒に振ったことを後悔しているのか。

「すべてのきっかけは、あなたが『週刊文潮』に書かれた誉君の記事でした。ならば、誉君について、どうしても知っておいて欲しいことがあるんです。

誉君の父親が、元環境省のキャリア官僚で、通称『攪乱事件』で、霞が関を追われたことは、ご存知でしょう。あの一件の処分を強硬に命じたのは、岳見総理です」

「らしいですね。だから、その復讐のために、父親が出馬するって話ですか」

「まあ、そんなに焦らず。あらぬ疑惑をメディアにまき散らされた結果、誉君のご両親は、世間からバッシングされ、孤立しました。その時、誉君は一時的にですが、声を失ってしまったんです」

藤森が熱心にノートを取っている。この情報は知らなかったようだ。

「それで、家族で諏訪に移住したんです。ご両親は、二度と政治に関わらないと固く決意されたそうですよ。にもかかわらず、あの日、誉君は岳見総理の施政報告会に潜り込み、大人顔負けの質問をした。そして、あなたの記事によって、大きな反響が生まれました」

「誉君は、もう大丈夫なんですか」

「本人も主治医もそう言っています。だが、ご両親はまた再発するのではないかと、心配されている。それでも、本人が戦うと言って聞かないんです。総理を止められるのは、諏訪人だけだからです」

「でも、少年のピュアな思いなんて、岳見総理は平気で踏みにじりますよ」

「だから、あなたに助けて欲しいんです」

「私に、何ができるんですか」

「誉君にインタビューして、戴けませんか。彼の思いが記事になれば、岳見陣営は、彼を圧《お》し潰すのが難しくなります」

5

「皆様、大変お待たせいたしました。只今より、南方建克、衆議院議員選挙出馬表明記者発表を行います」

司会者の紹介で、南方建克が姿を見せた。

凄まじいストロボのシャワーを浴びても、全く動じない。背筋を伸ばし、確かな足取りで、ひな壇中央に辿り着き、深々と頭を下げた。

確かにこれなら、「諏訪の影のドン」という称号も頷ける。

記者席の後方に陣取っていた藤森は、ひな壇に二脚の椅子が用意されているのに気づいた。建克の他にも誰か登壇するのだろうか。

司会者に促されて、建克はマイクに向かった。

「ご紹介にあずかりました南方建克でございます。私は、戦後満州から戻り、諏訪の発展一筋に生きて参りました。諏訪は、特別な地です。未来永劫《えいごう》、あるがままの自然な状態で歴史を刻んでいくべきだと考え、微力ながら諏訪に尽くして参りました」

声にも覇気があり、力強い。

「岳見勇一君は、自らの故郷を破壊しようとしています。ならば、私としては命を賭して彼の蛮行を止めねばならぬと考えた次第です」

さっそく記者が挙手した。

「申し訳ないが、もう暫く私の話をお聞き願いたい。今回、私が出馬を決意した理由が、もう一つあります。それは、若者の志を踏みにじるような男を、我が国の総理の座にとどまらせるわけにはいかないというものです。

ご承知のように、我が孫、南方誉は、以前、芦原湖畔に独断で研究所の建設を決めようとする総理に異議を唱えました。

それに対し、勇一君は、適当にあしらっただけでなく、別の席で〝子どもは歯を磨いて寝ろ〟という暴言を吐いたと伝え聞いております。

その後の騒動は皆さんもご承知の通りです。事態の収拾に乗り出した勇一君は、芦原湖周辺には研究所を建設しないと宣言しました。

ところが、諏訪湖畔にある旧日本精密機械社の工場跡地に、研究所を建設しようと企んでいたのです。

しかも、本当は、核兵器の開発を目論んでいるというではないですか。

こんな暴挙は許せない！

今回の出馬は、日本の行く末を破壊する総理を、孫に代わって倒そうという思いから決めました。そして、国民を騙し、平和憲法を冒とくするような計画を阻止するには、彼から議員バッジを奪うしかない。孫たちの世代に平和を手渡すために、私は立ち上がったのです。

では、我が孫を、ご紹介したいと思います」

藤森同様、多くの記者が驚き、ざわめいた。

だが、それも少年が会場に姿を見せた瞬間、収まった。

「南方誉です。僕には被選挙権がありません。それで、祖父が僕の代わりに立候補してくれました」

小学六年生ともなれば、大人と変わらない知性を持つ子もいる。誉少年もその一人だといえるが、彼の聡明な口ぶりには好感が持てた。

「祖父からは戦争の話を何度も聞きました。僕と同じ年の時、祖父が体験したことをいくら聞いても、僕には想像できません。

僕は、平和な日本に生まれて、十二歳になりました。

世界では、戦争に怯えて暮らす十二歳も大勢います。明日、死ぬかも知れないと震えながら日々を過ごさなくていい日本は、凄い国だと思います。このまま、平和が続いて、自然の美しさに感動したり、家族や友達と過ごしたり、夢を叶えたりして、大人になりたい。

でも、岳見総理は日本を危険に晒そうとしておられます。なぜ、核兵器の研究所が必要なのでしょうか。

戦争は、嫌だ。

核兵器で平和を保とうとする、政治は嫌だ！

総理大臣には、国民を幸せにする義務があると思います。

僕は岳見さんに、総理を辞めて戴きたいと思います」

会場から、拍手が湧いた。

建克が誉の話を引き取った。

「この少年の怒りと失望を、我々大人は真摯に受け止めなければなりません」

そして建克は、公約を発表した。あくまでも岳見打倒は名目で、実際には、若者に未来を託すことを目標とした歳出傾斜など、よく練られた政策が掲げられていた。そこから、質疑応答が始まった。

質問はまず、建克の年齢に集中した。

「人生一〇〇年時代と言われる昨今、八七歳はまだまだ現役でしょう。私が使い物にならない老いぼれかどうかを、選挙期間のうちに、皆さんの目で確かめて戴きたい」

建克が堂々と宣言すると、記者らは気圧《けお》されたように頷いた。

次いで、誉少年への質問に移った。

「被選挙権はありませんが、可能な限り祖父と一緒に、行動しようと思っています。もちろん、学校には行きますけど」

誉少年は聡明さを遺憾なく発揮した。

6

塩釜は、渋面を作って、電話で昭文の報告を聞いていた。

「それで、反響は？」

〈最後に、二人が退場する時には、出席した記者の半数以上が拍手してたよ。あれは、面倒なことになるかもね〉

何を他人事のように言っている。

〈総理は、反論しなくていいのかな。今度は俊一とは、大分違う気がするけど〉

「ありえんな」

そんなことをしたら、八七歳の老人と十二歳の少年を、岳見が気にしていることを露呈するだけだ。

「俊一さんの方はどうだ？」

〈気にもしてないよ。今日も辻立ちするみたいだね〉

その心がけだけは、見上げたものだ。

しかも、辻立ちのたびに支持者を増やしている。

「南方の爺さんの背後に誰がいるのかは、分かったのか」

〈少なくとも、大堀のおっちゃんは関わってはいるみたいだ。会見に来ていたし、おっちゃんの後援会幹部の姿もあった〉

つまり、大堀は引退するのか……。

「とにかく大至急、選挙区内で支持率調査をやれ。明日、俺もそっちに戻る」

官邸の応接室で電話をしていた塩釜は、総理執務室に向かった。

幸運なことに来客はなく、岳見は、電話中だった。

五分後、岳見はようやく電話を終えた。

「南方のじいちゃんの件なら、昭ちゃんに任せたよ。ていうか、八七歳の爺さんに何ができるんだ」

「やはり当確師が、動いている気がします」

「メリルもそんなことを言ってたよ。でもさ、さすがのダルマでも、今回はダメでしょ」

「明日、諏訪に戻ってテコ入れをします。それと、こうなれば俊一さんに、もっと頑張ってもらいましょう」

票が割れたら、南方に流れる票は減る。

「俊ちゃん頼りかあ。まあ、それも一興だけどね。それより、南方の爺さんの健康状態が気になる」

「ちょっと調べてみます」

「何なら、逝ってもらう方法とかを調べてみるのでもいいよ」

何という男だ。

だが、その狡猾さがこの男を総理に押し上げたのかも知れない。

7

衆議院長野四区当選確率予想
1位　岳見勇一　七八％
2位　上杉高道《うえすぎたかみち》　九％
3位　岳見俊一　七％
4位　南方建克　六％

衆議院議員選挙の三五日前。【岳見勇一事務所極秘文書】

衆議院長野四区当選確率予想
1位　岳見勇一　五三％
2位　南方建克　三一％
3位　上杉高道　九％
4位　岳見俊一　七％

衆議院議員選挙の三四日前。【聖達磨事務所極秘文書】

この日、岳見内閣は、衆議院の解散を閣議決定。三三日後に、衆議院議員選挙を行うことも決められた。

そして、長野四区では、出馬が予想されていたラジオパーソナリティの上杉高道が、松本市内で記者会見を開き、出馬を断念すると発表した。

記者会見には、南方建克も同席し、上杉は「南方先生は、私の大恩人。全身全霊で先生を応援したい」と述べた。

松本丸《まる》の内《うち》ホテルで、上杉との記者会見を終えた建克は、聖が用意した部屋で横になって休んでいた。

連日、大勢の支援者や県内の名士と会うことで、疲労が蓄積している。

出馬表明後、聖の強い要請によって、運転手、ボディガード、そして看護師が建克と行動を共にしている。

前日から松本入りして、丸の内ホテルに投宿したのも、会見での疲労を考慮したためだ。

それにしても、選挙とは大変な重労働なのだと痛感した。

大堀代議士二代の後援会幹部を務めて、知り尽くしているつもりでいたが、当事者の負担は、想像以上だった。

とにかく人と会うだけで、体力を消耗する。しかも、周囲が鵜《う》の目鷹《たか》の目で、建克の言動の逐一に目を光らせている。さらに、テレビなどの映像メディアが、建克に密着しているため、息を抜ける時間が、日々減っていった。

迂闊《うかつ》な発言をしたら、すぐにメディアが取り上げ、怪文書が飛ぶ。

聖の巧妙なメディア戦略のお陰で、日本を代表するクオリティペーパーの「暁光新聞」が建克に肩入れしてくれているが、それによってハレーションも起きた。

総理就任以来、岳見支持を打ち出している保守系新聞二社が、岳見の功績を誇張し、同時に建克の過去をあげつらうような記事を、地方版のみならず、全国版にも掲載していた。

また、孫の誉に対する取材攻勢も過熱の一途を辿っている。

こちらはテレビのワイドショーや女性週刊誌がメインだが、「週刊文潮」も熱心だった。

「南方さん、そろそろお時間なんですが、よろしいでしょうか」

寝室の入口から看護師の牧瀬満奈美《まきせまなみ》が声をかけてきた。

「ああ、大丈夫だよ。準備しよう」

重要な人物と会う約束の時刻が迫っていたのだ。

牧瀬は手際よく、血圧測定を始める。

「今日は、本当にお天気に恵まれました。ここから見える松本城も光り輝いています」

丸の内ホテルは、国宝松本城内の三の丸に建っている。建克が滞在しているスイートルームから、天守閣も望めた。

「何の裏付けもないんだけれど、節目の時が天候に恵まれると、天から祝福されている気分になるから不思議だね」

「本当ですね。一四八の九八。問題ありません」

高血圧症とは既に二〇年も付き合っている。降圧剤を服用しているから安定しているが、かつては上が二〇〇を超えていた時もあった。

心臓にも肺にも問題はある。足腰だけは人一倍しっかりしているが、出馬表明してからは、全身のだるさが抜けなかった。

準備が整うと、建克は続き部屋のリビングに移動した。聖がいた。

「お疲れのところ、すみません。なるべく短時間で済ませますので」

これから、隣室で俊一と会うのだ。

「いや、彼との話はじっくりと時間をかけるべきだよ。私の体調は、心配しなくていい」

俊一に会うのは、何年ぶりだろうか。

少なくとも彼が成人してから会った記憶がない。

「大変、ご無沙汰しています、小父さん」

「久しぶりだね。いつ以来だろう？」

「父のパーティでご挨拶ぐらいはしたと思いますが、ちゃんとお目にかかるのは、大人になってからは初めてです」

建克は、男の幼い頃の面影を探したが、片鱗《へんりん》も見当たらない。

「今日は、わざわざ松本まで出向いてもらって感謝してるよ」

諏訪で会うのは、他人目を憚る。それで、上杉との会見に紛れて会うことにしたのだ。

「聖さんから聞いたんだが、私を応援してくれるとか」

聖が、「本気でお父上を倒したいなら南方さんを応援せよ」と言って、俊一を説得した。

即答こそしなかったが、「南方の小父さんに会ってから決める」と返してきた。

「僕がどれだけお役に立てるかは分かりません。でも、どうしても僕の力を借りたいと小父さんが思ってくださっていると、聖さんから聞いたので、直接お話ししたかったんです」

「君と私は諏訪人同士だ。だが、残念ながら君の父上は、その本分をどこかに忘れてしまったようだ。だから、その目を覚まして欲しいと思って、私は立ち上がった。それは、君も同

「はい。僕も諏訪を守りたいと思って、無謀なことをしました」

周囲からは「木偶《でく》の坊」とか「出来損ない」などと陰口を叩かれ続けた挙げ句、実質的に異母弟に後継者の座を奪われ、いつもひねくれていた印象があった。それだけに、この素直さに、建克は変化を感じた。

「無謀というなら、私の方だろう。もう、棺桶に半身まで入っているのに、総理と選挙で争おうとしているんだからね」

「いえ、小父さんのなさっていることは、諏訪人の誇りです。感動しました」

何事においても感激屋で、幼少期に取り組んでいたホタルの里復活運動の時も、感極まって俊一はよく泣いていたな。

「光栄だよ。じゃあ、一緒に戦ってくれるんだね」

「はい。選挙には出ません。というか、本当は最初から本気じゃなかったんです。でも、周囲に持ち上げられてその気になって辻立ちを始めたら、楽しくなってしまいました。ですが、もうやめます」

「選挙に出なくても、辻立ちは続けてくれ。そしてそこで、一緒に諏訪を守り、若者が主役になれる社会を創ろうと呼びかけて欲しい」

「よろしいんですか」

俊一が嬉しそうに両手で握手を求めてきた。

＊

選挙まで、三〇日に迫った日の午後、建克と俊一は、諏訪大社に近いホテルで、二人揃って記者会見に臨んだ。

席上、まず俊一が衆院選挙に出馬しないことを告げた。

さらに、父である岳見総理が、諏訪湖畔で密かに進めつつあるプロジェクトは、米国航空宇宙局《NASA》との共同研究施設というのは建前で、実際は核兵器開発のための秘密研究所を建設するものだと改めて明言した。

そして、父と、核武装推進派と言われる伊勢田豪との間で交わした「念書」のコピーを公開した。

そこには、日本の発展のために、核武装に踏み切ること、そのために必要な技術と資金は伊勢田が代表を務める団体から提供されることが記されていた。

翌日、聖事務所が緊急調査した「長野四区当選確率予想」は、以下の通りになった。

1位　岳見勇一　五四%

2位　南方建克　四六%

第七章

1

公示一〇日前――

衆議院長野四区当選確率予想
1位　岳見勇一　五三％
2位　南方建克　四七％
【聖達磨事務所極秘文書】

建克票が伸び悩んでいた。

岳見俊一が立候補を断念し、南方陣営への協力を表明したことで、建克が岳見を超えるはずだった。

この一週間、膠着《こうちゃく》状態が続いていた。

長野四区の有権者数は、約二四万人。過去五回の平均投票率は約六八％だが、今回は八〇％近くになると予想していた。

計算通りなら、岳見陣営からあと六〇〇〇票を手中にできれば、当選確実となる。

その六〇〇〇票が積み上がらない。

反岳見派の票は取り込んだものの、肝心の岳見陣営を切り崩せなかった。四区の大票田である塩尻《しおじり》市内で、岳見陣営が大きく巻き返し、プラスマイナス・ゼロで膠着してしまったのだ。

聖が読み違えたのが、岳見は本気で核兵器の開発を行うつもりだという俊一の爆弾発言が、有権者に響かなかったことだ。

そもそも俊一のその発言がメディアには無視されてしまった。報じたところはほとんどなかった。

わずかに「週刊文潮」などいくつかの週刊誌が熱心に報じたが、選挙区での効果は小さかった。

アンチ岳見で知られる全国紙の「毎朝新聞」までもが黙殺し、これに激怒した聖は、古くから付き合いのある政治部幹部に不満をぶつけた。

――さすがに総理が核武装を進めていると糾弾するためには、よほどの裏付けが必要だ。しかし今のところ、俊一の証言以外は何一つ証拠がない。念書も信憑性《しんぴょうせい》に欠ける。

そう言って、引き続き取材は続けるが、選挙期間中に判明するかどうかは、微妙だと返ってきた。

聖は、戦略を変更した。ＳＮＳを中心としたウェブ上で、総理が諏訪地方に核兵器開発の拠点を建設か⁉　という情報を流した。

首都圏を中心に、多くの若い世代がこれに反応して、都内ではデモも行われた。それでも、地元には大きな影響がなかった。核に対する地方の危機感とは所詮そんなものなのか。

戦後七五年が経過しているのだ。総理に核武装すると言われたところで、有権者が「デマ！」と笑い飛ばすのは当然かも知れない。

「御宿　みなかた」の離れで、碓氷と千香の報告を聞いていた聖は、想定外の苦戦にさすがに考え込んでしまった。

「一番いいのは、投票率をもっと上げることだね。浮動票の大半は、南方さんに流れる」

千香が発言した。

「浮動票頼みは、危険だ。相手は、組織票で固めているんだから」

「そうだけどさあ、もう地元に組織票なんて落っこってないでしょ」

ならば、方法は一つだ。

「相手の組織票を戴くしかないな」

「それは、面白そう」

千香は、ノートパソコンを聖の方に向けた。

〝岳見勇一、組織票ストレステスト結果データ〟とある。

岳見を支持している団体や組織をリストアップし、それらの脆弱性《ぜいじやくせい》を計ったものだ。

団体として、政治家を支持しても、構成員全員が支持しているわけではない。また、長年の圧倒的な支持基盤でも、政治家の日常活動いかんによっては、不満や鬱屈が溜《た》まっている場合がある。

長野四区は、塩尻市、岡谷市、諏訪市、茅野《ちの》市、諏訪郡、木曽《きそ》郡の四市九町村にまたがっている。有権者数約二四万人の内、塩尻市が最大の票田で約五万五〇〇〇人の有権者がいる。次いで茅野市が約四万五〇〇〇人、残る二市は、約四万人だった。

岳見は、全ての市町村でトップで、過半数を超えているところが多い。特に塩尻、諏訪、茅野の三市は、岳見が七割以上を確保していた。また、合計で約五万八〇〇〇人いる郡部でも、岳見が圧倒している。

一方で、大堀の地盤である岡谷市と下諏訪町だけが、四割程度で、両者が拮抗《きっこう》していた。

そこで、岳見への不満と、政治的要望の声を重点的に拾った。そして、必ず岳見以外の候補者に投票したくなる条件を尋ねた。

その調査結果から分かったのは、塩尻市と郡部が狙い目だということだった。これらの地区で、岳見は公約を反故《ほご》にしていた。

特に、塩尻地区には、岳見人脈で、巨大なショッピングモールが誘致され、地元の商店街のシャッター街化が深刻になった。さらに、一昨年の市長選挙で現職を破った若手市長が、脱岳見を密かに目論んでいるという。

そして、ギリギリの予算で行政運営を行っている町村に対して、より厳しい行政改革を求め、特段の救済措置を執らなかった。その上、前回の選挙で得票率を下げた町村に、報復的な対応を行い、首長を震え上がらせた。

また、郡部には、建克と古い付き合いのある地元の有力者が多かった。

建克や、彼の知人たちに、塩尻市と郡部を丁寧に回らせて、岳見依存からの脱却を目指すよう説得するのは、有効と判断した。

一方業界団体では、叛旗を翻す可能性の高い団体として最上位だったのが、旅館やホテル、観光バスなどの観光業界だった。

多くの有権者を有するこの大団体は、過去一貫して岳見を支持してきた。

ところが、諏訪湖畔に計画されている研究施設に対して、事前に全く相談がなかったことに怒りを覚えた幹部が多い。彼らは、研究施設の白紙撤回を求めているが、岳見は黙殺していた。

そして、諏訪大社の関係者も、諏訪湖という信仰とも深く結びついた〝聖地〟の存在を、岳見が蔑ろにしたと不快感を隠さない。

こちらは、信者まで含めると裾野が広い。

従来は、ここも岳見の圧倒的な支持基盤だったのだが、建克は、氏子代表の一人であり、信者からの人望も厚い。

切り崩せる可能性が高かった。

2

選対本部の一室に籠もっていた聖に来客があった。建克の長男である建和と、「御宿　みなかた」の女将である建子の二人だ。

サザンクロス精工の社長である建和は、大堀秀一の後援会長も務めていた。父の出馬にあたっては、引退する大堀陣営の票のとりまとめや、地元企業の協力を取り付ける役割を買って出てくれていた。

「父の体調について、是非とも聖さんのお耳に入れておきたいことがございまして」

嫌な話題だった。だが、聞かないわけにはいかない。

「父の持病が悪化している気がするんです」

「というと、心臓が悪くなっていると？」

心臓に重篤な問題があるが、現在は薬でコントロールできていると聞いていた。

それでも無理は禁物なので、専属の看護師を常に同行させている。そして看護師の牧瀬満奈美からは体調が悪化しているという報告は受けていない。

「過去二度の危篤は、日々の健康チェックでは、全く問題がなかったのに、突然起きました。

父は気力の人です。体調不良や精神的な不安を抱えている時、それを気力でカバーしようとするんです。すると、普段以上に、数値が安定する。でも、その反動が発作を招く」

いかにも、建克らしい。

「今、まさに〝発作前の静けさ〟という状態にある気がするんです」

「それについては、安藤《あんどう》先生もご存知ですよね」

安藤は下諏訪に診療所を構える内科医だった。

「と思います。でも、父の主治医になって、まだ三年ほどです。その間、父の体調はずっと安定していました」

現在三〇代の安藤良太《りょうた》は、地元診療所の四代目だ。

さて、どうしたものか。

「対策を打つとしたら、どんなことが考えられますか」

建和が答えた。

「選挙活動の時間制限だと思います。一日、最大で五時間。それと、午後に、二時間ほどは昼寝させた方がいい。食事も規則正しく、かつ午後九時には床に入る。これは、先代の安藤先生が、父が倒れた後に命じられた生活スタイルです」

通常の候補者の半分の時間しか活動できないということか……。

「分かりました。安藤先生と看護師の牧瀬さんと相談して、早急に一日のスケジュールを再考します」

3

建克の健康に配慮した聖は、岳見陣営の切り崩しのために、代理人部隊を編成した。

建克が直接説得に動くと迷惑をかけるからという理由で、建克の親書を手渡したり、動画を見せた。

長年、父の代理として、諏訪郡、木曽郡の有力者と親交を結んできた建和に、両郡の対応を委ねた。

また、建信は、塩尻市長の後援会長が高校時代の同級生で、市長とも旧知の間柄だった。そこで、市長の日課の朝の散歩場所に建克を連れ出し、二〇分ほどだが、会談を設定した。

建克が考える諏訪のビジョンに感激した市長は、全面協力を約してくれた。そして、市長の根回しのお陰で、大多数の塩尻市議からも支持を取りつけられた。

もう一つ大きかったのが、俊一の岳父である守屋富哉が、建克側についたことだ。そして強い影響力を有している茅野市での票の獲得に動いてくれた。

一方、誉は晴美と行動を共にし、自然保護団体や、長野四区の小学生たちと連携し、「僕らの未来を僕らが切り拓く会」を設立。小学生には選挙権がないと、大人たちは見下しているが、参加者は各学校に戻り、教諭や家族に、建克を応援して欲しいと訴えた。

そして、同会に参加しているPTA宅を学生ボランティアが訪れ、支援者名簿に署名を求めた。

千香は、誉の日々の行動をインスタグラムにアップした。

また、YouTubeで、誉の大人との対話、特に高齢者との対話を中心に、連日、新規映像を更新した。

SNSの場合、全国に拡散する力は底知れないが、限られた地域に絞っての影響力増を行うのが難しい。

それでも、地元の若者を中心に反響が広がり、選挙権がない中高生が、誉の運動を盛り上げたことで、大人たちも見過ごせなくなっていった。

*

この日遅く、碓氷と千香が別々の方法で行った直前支持率調査の結果が出た。

「ついにやりましたよ。くそったれ総理を南方さんが凌駕《りょうが》しました」

双方の調査結果を集約した結果、岳見総理の支持率は四二％にまで下落。一方の建克の支持率は五八％となった。

聖が考える〝安全圏〟は、五％以上の差をつけることだが、それを大幅に上回る差が生まれたのだ。

4

公示まであと一日——。

聖は、建克と並んで諏訪湖畔に立っていた。少し離れたワンボックスカーには、看護師の牧瀬が控えている。

涼風が、湖畔に吹いていた。

「気持ちいいな。子どもの頃、このような風を、清々《すがすが》しい風と呼ぶんだと、父から教わったんだ」

建克が呟いた。

「そして、この風の心地よさ、香りを胸に刻んでおけと言われた。これこそが諏訪なのだとも。二度と、帰れない。幼心にもそんな予感がして、思いっきり深呼吸したのを、今でも私は覚えている。そして、私たちは満州へ旅立った。それが、どうだ。結局、戻ってきて八七歳まで生きながらえた」

「後悔されているんですか」

「今さら後悔なんて。しかしな聖さん、こんなに目立たないと、このまちを守れないという非力に、忸怩《じくじ》たる思いはあります」

これまで諏訪に尽くしてきた建克の軌跡を、一部メディアが、面白おかしく書いていた。おそらくは、岳見陣営から流れたものだろう。建和などは、告訴すると強気だが、建克はそれに応じない。

「実は、聖さんのことを、見誤っていたと反省しているんです。当選確率九九%を誇っている選挙コンサルなんですから、勝つためには手段を選ばない方だと思っていました。なのに、あなたは勇太郎の死についても、勇一の若い頃の悪行にも言及しない。核兵器の極秘開発についても、激しく非難したりしない」

「ネガティブ・キャンペーンは、ブーメランのように発信者自身を傷つけます。そして、そんな手を使う候補者は、勝つべきではない、と思っています」

「正論としてはそうでしょう。でも、それを徹底するとは思っていなかった」

「一度決めたら貫くのが、私の信条なんです。それに、誉君だけではなく、南方家の皆さんが地元で尽くしてこられた実績は、何にも勝ると信じていました」

「誉のおかげだね。選挙権がなくても、政治に参加できることを、あの子は証明してくれた。この命はいつ尽きても悔いがないと思っていましたが、今は、あの子の成長をもっと見続けたいという欲が出てきましたよ」

「ぜひ、そうなさってください。誉君が被選挙権を得るまで」

建克が、聖の方に顔を向けた。

「聖さん、いつか誉に、この選挙で、本当は何があったのかを伝えてもらえないだろうか」

意味深長な言い回しだった。

「それは、彼が自分自身で感じ取るのでは？」

「しかし、それは一面的でしかないだろう。大人になるまで、あの子には理解できないこともある。私や建信を許せないと感じるかも知れない。だから、あの子が冷静に理解できるようになった時、この選挙で、本当は何があったのかを話してやってください。頼みます」

建克は、再び諏訪湖に目を転じると、湖から放たれる霊気までをも吸い取るかのように、大きく手を広げた。

翌日、衆議院議員選挙が公示された。

建克は、聖と握手を交わした諏訪湖畔で、黒の羽織袴を身に纏い、孫と息子に脇を固められて、選挙戦の第一声を発した。

5

選挙戦二日目。

早朝、建克は普段通り、階段を上っていた。

この儀式だけは、欠かさなかった。看護師も主治医も付けず、ただ一人氏神を祀る丘まで石段を上る。

安藤医師に指導されたこともあって、一気に上ろうとせず数段上がるたびに一息ついて、深呼吸するように努めていた。

今朝は、諏訪湖の湖面の色が格別に美しい。

これで、いいんだ。

何度か深呼吸を繰り返していく内に、建克は自分にそう言い聞かせた。

何事においても徹底する。

それが、南方家のやり方だった。

その瞬間、脳裏に妹の笑顔が浮かび、それが自然に誉の笑顔になる。

出馬表明をし諏訪のまちを巡り、人々とまちの未来を語らうことは、建克を幸福にした。

未来を託せる者がいるならば、もう思い残すことはない。

建克は、拝殿に近づき、手を合わせた。

第八章

1

スマートフォンが鳴っているのは分かっていたが、出るつもりはなかった。

今日は、昼まで寝ると決めている。

「はい……、ええ～、そんな人知らないわよ。……あっ、ごめんなさいちょっと待って」

隣に寝ていた女が、いきなり聖の耳元にスマートフォンを投げた。

「私のかと思って出ちゃったわ」

電話の向こうで、聞き覚えのある声の男が喚いている。

「なんだ、健司。俺は今日は休みだ」

〈聖さん、建克さんが、お亡くなりに――〉

「はあ⁉」

〈さっき、南方家の氏神さんのお社の前で倒れているのが見つかって。とにかく今すぐ来てください〉

「くそっ！」

大声で叫んでいた。

俺は選挙コンサルだから、公示後は顔を出せないんだ――とか言ってる場合じゃない‼

「分かった。だが、運良く特急に乗れたとしても、二時間半はかかる。それまで、踏みこたえろ」

〈何を踏みこたえるんですか！〉

「全てだ。何よりまず、メディアに察知されるな」

〈もう無理です。既に、メディアが数社、病院に駆けつけています〉

「おまえは、今どこだ？」

〈諏訪協立病院にいます〉

「俺は今から準備する。タクシーに乗ったら、至急電話で話したい。それまでに建信さんを捕まえておけ！」

女が不満そうにしているが、昨夜の女より今朝の建克だ。聖はベッドから下りて洗面所に向かった。

シャワーを浴び、白シャツに黒のスーツを着て、黒ネクタイを鞄に押し込んだ。

千香に電話すると、眠そうな声が返ってきた。

「朝から悪いな、一大事だ。建克が急死した」

〈マジ⁉︎　選挙、どうなるの？〉

「まだ、分からん。俺は今から諏訪に向かう」

〈分かった。でも、なんで死んだの？〉

「それも、不明だ」

タクシーを呼んでから、碓氷に電話を入れた。

「今から諏訪に向かう」

〈不謹慎ですが、「八六条八項」をやるんですよね〉

公職選挙法第八六条第八項に、「第一項の公示又は告示があつた日に届出のあつた候補者が二人以上ある場合において、その日後、当該候補者が死亡し、当該届出が取り下げられたものとみなされ、当該候補者が候補者たることを辞したものとみなされ、又は次項後段の規定により当該届出が却下されたときは、前各項の規定の例により、当該選挙の期日前三日までに、候補者の届出をすることができる」とある。

選挙期間中に候補者が死んだ場合、代理の候補者を立てることができる補充立候補の規定だった。

投票日の三日前までに代理を立てればいいのだが、選挙に勝つためには、早ければ早いほど良い。

タクシーに乗り込むと、新宿《しんじゅく》駅を目指すように告げて、再び健司を呼び出した。

「建信さんは、捕まったか」

〈はい、隣にいらっしゃいます〉

すぐに建信の声がした。

「何があったのか、教えてください」

〈父が、毎朝自宅の裏山にある氏神様にお参りに行くのは、ご存知ですよね。今朝も、そこに出かけたのですが、いつまで経っても戻らないので、姉が捜しに行ったところ、社の前で倒れているのを見つけました〉

連絡を受けた建信が駆けつけた時には、建克は救急車で病院に運ばれたあとだったという。

「病院に運び込まれるまでは、意識があったんですか」

〈救急隊員が心肺蘇生《そせい》を行ってくれたのですが、手遅れだったそうです。でも、ひとまずは病院に運ぼうと〉

「亡くなった原因は、分かりますか」

〈心臓では、と医者は言っています。持病がありましたから〉

長男の危惧が現実になったか……。

「とにかく、今はメディアと接触しないでください。私は、三時間ほどでそちらに参ります。それまでは箝口令《かんこうれい》を敷いてください。誉君は、どうしていますか」

〈ずっと、父のそばを離れようとしません〉

「そうですか……。彼にも、何も発言させないようにお願いします。それから公選法に、補充立候補という制度があります。それによって、お父様の代わりの候補者を擁立することが可能です。それについては、私がそちらに到着したら、ご相談させてください」

電話を切ったところで、新宿駅に着いた。

2

「間違いないんだな」

塩釜は、興奮して一報を入れてきた息子にくどいほど尋ねた。

〈間違いない。日課にしている氏神さん参りの最中、社の前で、心臓発作で亡くなったらしいよ。南方さんには申し訳ないけど、諏訪の神様は、岳見総理に味方したみたいだね〉

「軽はずみに、神様の名を出すな！」

信心のかけらもない昭文は、いくら注意しても、この癖が抜けない。

〈失礼しました。でもこれで、総理は無投票で当選ってことだよね〉

長野四区は、南方建克と岳見勇一の一騎打ちだった。南方が死んだので、候補者は、岳見一人になる――。

だが、公職選挙法の規定により、南方候補の代理は立てられる。いずれは後継者にと期待している息子が、その程度の基礎知識すら持たないことに、塩釜は失望した。

「ちゃんと公選法を読め。八六条八項の規定で、代理候補が立てられるんだ」

〈マジ⁉　でも、南方の爺さんの代わりになるような人間はいないでしょ〉

考えたくもないが、一番可能性が高いのは岳見俊一だ。

「日本人は弔い合戦って言葉に弱いんだ。知名度は低くても、建克翁より健闘する可能性だってある。情報収集を怠るな。特に俊一さんから目を離すな」

〈なるほど、その可能性はゼロじゃないな。すぐに捕まえて、閉じ込めておくよ〉

いっそ海外にでも行ってもらった方がいいかも知れない。

電話を切ると、今度は総理から連絡が入った。

〈南方の爺さんが死んだって、本当?〉

「そのようですね」

〈やっぱ、諏訪大明神は、僕の味方だなぁ〉

バカ息子と同じ感覚の総理の言葉に、脱力した。

「そのようなことをおっしゃらないでください。私の方で、追悼のコメントを用意して発表致しますが、よろしいですか」

〈よろしく、頼むね。それで僕は無投票当選ってことだよね〉

「まだ、補充立候補の可能性はあります」

〈あー、そんな厄介な制度があったな。でも、大丈夫でしょ〉

「総理、油断は禁物です。過去、衆院選でこのような場合の戦績は、五勝一敗で、補充立候補者が有利です。くれぐれも軽はずみな発言はお慎みください」

〈大丈夫だって。ほんと、心配性だなあ。いずれにしても、あのじいさんには世話になってきたし、心から哀悼の意を表するよ。葬式ぐらいは行った方がいいよね〉

何でも冗談にする悪い性格は、死ぬまで直らないのだろう。

「ひとまずは、予定通りにスケジュールをこなしてください。南方氏の葬儀の日程などが分かれば、ご連絡は致しますので」

電話を切ると、めまいに襲われた。

とにかく、気を抜いてはいけない。

向こうには、聖がついているんだ。このまま、あの男が引き下がるとは到底思えない。

だが、一体誰を代わりに立てるのだろう。

俊一もしくは、南方晴美か——。

とにかく現地に行くしかないか……。

塩釜は、パソコンの前に座り、スケジュール表の画面を開いた。

3

晴美は、霊安室の片隅で、義父と悲しみの対面をしている親戚たちを眺めていた。

冷静なのは、自分と誉だけだった。

晴美が泣けないのは、ショックが大きすぎるからだ。

義父の突然の死が受け入れられなかった。

昨夜、あれほど元気だったのに、なぜ……。

心臓に持病がある八七歳が、選挙に出るなんて、そもそも無理だったのだ。晴美たちは、義父を止めるべきだった。そんな風に思っている親戚もいるだろう。

だが、義父は一度決めたら、誰が説得しても後には引かない。だから、せめて義父の負担を少しでも軽くしようと、身の回りの世話をしていた。

しかし、何の役にも立たなかった……。

誉は、ずっと祖父の手を握りしめたままだ。

一度、霊安室から連れ出そうとしたのだが、誉に「僕は大丈夫だから、ここに居させて」と拒絶された。挙げ句に、夫からも「誉の好きにさせてやれ。あの子は、強い子だから」と止められた。

もう何時間も、その状態が続いている。

さすがに、少し休ませた方がいいと思った時、暫く席を外していた夫が戻ってきた。

「誉を連れ出したいんだけど」

今度は、夫も邪魔をしなかった。

「ホマ、ちょっと向こうで休憩しよう」

「父さん、これで終わりなの？」

夫と誉は互いに言いたいことをこらえているかのように固まっている。親戚が見つめる中、夫の方が先に睨み合いから降りた。

「兄さん、勝手を言いますが、このまま引き下がるわけにはいきません。僕が父さんの代わりに選挙を続けます」

4

特急あずさに乗った聖は茅野駅で降りた。上諏訪駅の一つ手前の特急停車駅だ。東口から出ると、駅前駐車場に向かい、黒のアルファードの助手席に乗り込んだ。

「お待たせしました」

言ってから後部座席を振り返って、驚いた。

関口健司に建信だけを連れてくるよう命じたのに、彼の家族が全員揃っている。

「すみません、誉もどうしても一緒に行くと言うので」

健司が車を発進させた。

「ここから一六キロほど北東に行った蓼科高原に、友人のログハウスがあります。そこでお話ができればと思います」

建信は、既に行き先を健司に伝えていたようだ。

中央に座る誉は窓の外に視線を投げたまま、心ここにあらずに見えた。

晴美は膝上で強く握りしめたハンカチに視線を落としたままだ。

何となく、雑談をする雰囲気ではなく、聖はメディアの動きをネットで確認した。

南方建克候補急死の情報が駆け巡っている。だが、病院が会見を行わないため、憶測ばかりが飛び交っている。八七歳という高齢に加え、心臓に持病があることは、地元ではよく知られていたようで、選挙戦による心身の負担が招いた心不全が死因という見方が強い。

中には不審死とか、暗殺か、などという不穏な言葉を使っている記事もある。

岳見側の動きについては、ほとんど情報がなかった。

早くも補充立候補についての言及も散見されたが、南方選対本部は一切コメントを出していないし、まだ、死の詳細すら分からない段階での議論は「無礼であり、時期尚早」という論調が主流だった。

「まもなくです」

上り坂にさしかかり国道から逸れ、簡易舗装の道に入った。雑木林の中を数分進んだところで、健司は車を停めた。

「建信さん、ここですかね？」

建信が車から降り、錬鉄の門扉を開いた。

大きな切妻屋根を持つログハウスは、聖が想像していたより広く、新しかった。

管理が行き届いているだけではなく、頻繁に人が利用している気がした。

「晴美、皆さんに冷たい飲み物の用意をお願いできるかな。誉、お母さんを手伝ってくれるか」

誉は、父の指示に素直に従った。

リビングに三人だけになると、建信は庭に面したフランス窓を開いた。

「聖さん、ちょっとタバコ、付き合ってもらえませんか」

聖は黙って続いた。

広いウッドデッキのテラスを通って、建信はよく手入れされた庭に進んだ。

そして、建信はメビウスの箱とジッポのライターを取り出した。聖はジタンをくわえた。

建信がライターの火を聖の前でともしたので、聖はタバコの先を寄せた。

「これで終わりなのかと、誉に聞かれました」

「それで、あなたは何と？」

「誉だけではなく、親戚一同の前で誓いました。このまま引き下がるわけにはいかない。だから、私が父の後を引き継ぐと」

信じられなかった。

いや、聖も建克の代わりは、建信しかいないと腹を決めて、諏訪に戻ってきた。だが、説得には難儀することになるだろうと覚悟していたのだ。

それが、建信の方から決意表明するとは……。

「そう啖呵《たんか》を切ったものの、私が父の身代わりになれるわけはありません。是非とも聖さんのお力をお借りしたいと思います」

やけに謙虚なんだな。その態度が、引っかかった。

「私でやれることは、何でも、ご協力したいのですが、公選法の縛りがあって、公示後は私は、積極的なアドバイスができません。選対本部に、建克さんの運転手として入っている関口を通じて、アドバイスするのが、精一杯です」

「それで、充分です」

ちょっと、手回しが良すぎるな。

「父の死について、何らかの発表が必要になるかと思うのですが」

「そうですね。文言については、私の方で用意しましょう。但し、その時点では、あなたの補充立候補の件は、まだ伏せます」

「分かりました。それで、聖さん、何か戦略はおありですか」

勢いよくタバコの煙を吐き出した。

「中に入りましょうか。今後の戦略についてご説明します」

5

チャーターしたヘリコプターは、上諏訪の岳見総理本宅にあるヘリポートに着陸した。不測の事態に備えてという大義名分で、岳見が作らせたものだ。それが、役に立った。

塩釜は、昭文が用意したワンボックスカーに乗り込むと、俊一の動向を尋ねた。

「まだ、見つかってない。自宅にも、立ち寄りそうなところにもいないんだ」

それは、補充立候補者の本命であると明かしているようなものだ。

「建克翁の死因は？」

「今のところ分かってるのは、朝一で伝えた情報が、正しいってことぐらいだ」

「遺体は、どこにある？」

「協立病院」

そこの院長とは、昵懇《じっこん》だった。

塩釜はさっそく病院に電話して、総理の代理として院長に繋いでもらった。

〈塩釜さん、ご用件は、何でしょうか〉

「南方建克さんが、そちらでお亡くなりになったと伺いました。これから、総理の代理として弔問にお邪魔致します。その前に、亡くなった理由を知っておくべきかと」

〈なるほど……。申し訳ないのですが、ご遺族の方から、内密に願いたいという強い要請がありまして。お答えしかねます〉

「院長、そこを曲げてお願いします」

〈心不全です。それ以上は、解剖するまで分かりません。失礼します〉

「誰でも、死ぬ時は心不全だろうが！」

電話を切ってから塩釜は怒鳴った。

昭文が塩釜に、ｉＰａｄを見せた。

「これを見て」

総理の対立候補怪死
警察が、事件として捜査か？

「ウチの誰かが関わっているってこと？」

息子の不用意な発言には腹が立った。

「関わっているはずがない！　おまえ、地元メディア対応の担当だろう。こんな記事が出るのを許してどうするんだ！」

「ネットメディアまではフォローできないよ」

息子の適当な発言に苛立ちが募る。塩釜は、〝城代家老〟の小竹彰三の携帯電話を呼び出した。

〈ご苦労様です。いやあ、大変なことが起きましたな〉

「建克翁の死因は、心不全だそうだ。心臓に持病を抱えている八七歳が、無理して選挙になんか出るから、こんなことになるんだと、地元メディアや役所、商工会議所の幹部連中に触れ回れ」

〈ウチがやることじゃないでしょう〉

「一部メディアが、自然死ではなく、殺人を匂わせるような記事を出している。それを潰すためだよ」

〈そんなところ、無視すればいいでしょう。選挙に勝つために、対立候補を殺すバカがどこにいるんですか〉

「御託を並べてないで、情報を流すんだ。それと、亡くなったことを喜ぶような言動は厳に慎むように、後援会や選挙スタッフに徹底してくれ」

小竹は、渋々了解したようだ。

「俊一さんは見つかりそうなのか」

「レイカーズに隠れている気がするんだ。あるいは、藤森先輩と一緒か」

「分かってるなら、とっとと捜しに行け」

「そんなにカリカリするなよ」

「女のところは、どうだ?」

結婚して子どもができても、俊一の女遊びは止まない。

「今、珍しくフリーなんだよ。だから、心当たりがない」

いっそ警察に「指名手配」してもらう方が、早いかも知れない。

「辻立ちは、何時頃からやるんだ」

「大抵は一五時以降かな」

まもなく正午だった。

前方に上諏訪駅が見えてきた。

「おまえは、駅前で降りて、俊一さんを捜せ」

「分かった。それにしても本当に南方の爺さんの代わりに誰かが候補に立つのかなあ」

「立たなければ、それはそれでラッキーだ。だが、立たないと決め付けていて、立候補者が現れたら目も当てられない」

「理屈は分かるけど、南方の爺さんより凄い候補者なんていないでしょ。だったら、焦る必要は」

「おまえは選挙が分かってないな。補充立候補者に、建克翁ほどの知名度がなくても、翁の遺志を継ぐと宣言して立ったら、有権者の同情票を一身に集められる。弔い合戦というのは、それぐらい怖いんだ」

「でも、俊一さんが立つなら、大丈夫でしょ。あの人は、叩けば埃《ほこり》どころか不発弾でも出てきそうだ。そもそも僕らは、俊一さんのスキャンダルの全てを知ってるんだから」

その通りだ。総理の息子のスキャンダルを暴くのは忍びないが、総理は遠慮なく叩けと命じるだろう。

「それでも、ぼっちゃんを推すかなあ」

建克の代わりは、俊一しかいないと思い込んでいた。だが、息子の指摘は、重要だ。

「建信の様子はどうだった？」

「どうって？　あの人は、影が薄いから、よく覚えていないよ」

だが、あいつには別の顔がある。かつて、環境省の官僚として、総理に楯突いたことのある強《したた》かな策士という顔だ。

「予定変更だ。俊一さん捜しは、後回しでいい。建信に張り付け」

もし、建信が立ったら、どうなる。

総理は、大丈夫だろうか。

6

建克が急死した翌日の夜に、建克陣営は会見を開いた。

会場は、諏訪湖畔にあるレイカーズのテラス席で、普段はバーベキューを楽しむためのスペースだ。さらに、グループ・サウンズが由来の店だけに、ライブができるようなステージもあった。

諏訪湖をバックに、左手に上諏訪神社、右手に下諏訪神社が一望できた。

聖は選挙区内で活動できないため、松本市内のホテルのスイートルームに陣取り、会見を見る。

現場にいる健司からは、三〇〇ほどの席は既に満席で、周囲に立ち見客が大勢いるという報告があった。また、集まった報道陣は一〇〇人を下らないという。

「只今より、故南方建克候補急死についての家族からのご報告と、それに伴う今後の選挙方針についてのご説明を執り行いたいと思います」

選挙対策本部長を務める建和が姿を見せた。

「本来であれば、父建克の死に対して、我々家族は喪に服すべきではあります。しかし、それでは死んだ父が浮かばれません。志半ばで、この選挙から撤退することは、父の遺志に反します。

そこで、本日、選挙管理委員会に補充立候補の手続きを行いました。その件につきましては、父の選挙参謀を務めた次男南方建信、さらには父の選挙戦を見守ってきた孫の南方誉より、皆さんにご説明したいと思います」

そこで誉が、続いて建信がステージに上がった。

二人は、揃いのダークスーツに同じ群青色《ぐんじょういろ》のネクタイを締めている。

陣営の中には喪服を着るべきではないかという意見もあった。

だが、誉が「僕らは諏訪と日本の未来を語るんだよ」と主張し、建信もその意見に賛成した。

「僕が、芦原湖を大好きになったのは七歳の時、両親と一緒に、ホタルの群れを見たからです。夕方までの雨が上がった気持ちの良い夜でした。湖にも星が映って、湖にもホタルが浮かんでいるみたいでした。そんな時、湖畔の草むらでホタルの光を見つけました。うっかりすると見落としてしまうような弱い光でした。目が慣れてくると、光は一つではなく、いくつも無数に飛んでいました。都会では、見たこともないような弱い光……。

ヘイケボタルの光でした」

スピーチをするにあたって、誉から提案があった。

ゲンジボタルに比べると、体も小さく、光力も弱いヘイケボタルについて話したい——と。

ヘイケボタルは、水田や沼など、水が濁っていても逞しく生き抜く。特に水田との相性がよく、里山の象徴的存在だった。

一方のゲンジボタルは、ヘイケボタルより一回り体も大きく、光力も強い。その上、光の軌跡が美しいのだ。ただ、ゲンジボタルは渓流のような水が清く流れの速い場所を好んだ。

尤も、芦原湖は、透明度が高いために、ゲンジボタルとヘイケボタルが共存する珍しい場所として知られていた。

それについて話したいと聞いて聖は、誉らしいと褒めた。

「ヘイケボタルの光は、まるで会話しているようだなと思った時、強くて太い光が横切りました。ゲンジボタルでした。ゲンジボタルの光は強いので、それを見たあとは、ヘイケボタルの光が見つけられなくなってしまいます」

誉の澄んだ声が、蛍の光跡のように飛んでいる。

「この時の話をすると祖父は、ヘイケボタルは諏訪人のようだねと言いました。なぜなら、コミュニケーションを尊ぶからだと祖父は言いました。小さな虫だって何かを伝えようとするのだから、言葉を持つ僕たちは、もっとお互いに話し合って、みんなが良くなる世界を作るのがいいと思います」

次いで建信が、公選法に補充立候補という制度があるのを、改めて簡潔に説明した。

「その補充立候補者を私、南方建信が務めることに致しました」

さざ波のような拍手が起き、やがて強い賛成の意志として大きなそれに変わった。

「政治家になって日本の未来に尽くせと、父に繰り返し言われてきました。しかし、私の不徳の致すところで、私は政治、いや人生に背を向けて生きていました。それが、父の出馬によって、大きな心境の変化があったのです。

主治医や家族の反対を押し切って、高齢の父が出馬したのは、最愛の孫、誉のためでした。そして、『いつまで、社会から目を逸らしているんだ』という、私に対する最後の戒めだったのです」

建信のよく通る声が、会場に響き渡った。

「亡父は生前、自分にもしものことがあれば、おまえが必ず後を継げと言いました。しかし、私一人なら、やはり逃げていたと思います。ここに立てと、私の背中を押したのが、我が息子、誉でした。父の亡骸《なきがら》を前にして誉から言われたんです。

これで、終わりかと……。もう戦わないのか。そう言われている気がしました。これ以上は、言い訳はできない。私自身が命がけで、父と息子に代わって、この国をあらぬ方向へと突き進めている男を倒さなければならないと気づいたのです。復讐でも弔い合戦でもありません。諏訪人の誇りにかけて、日本の未来に命を捧げる時を逸してはならない。そう固く決意し、父の跡を襲い、補充立候補を決めました」

会場の多くの聴衆が立ち上がり、拍手を送った。

「この国の未来に希望を求めるために、日本で、ただ一つ、国民に対して何一つ説明せずに、独断で核開発を進めようとする総理大臣を辞めさせることができる選挙区があります。それが、ここ長野四区です。ならば、やってやろうじゃないですか。諏訪人の誇りにかけて、私は岳見勇一を倒し、日本に大きな希望の光をともしたいと思います」

その翌日から始まった新たなる選挙戦が、建克の弔い合戦であると、南方陣営は打ち出さなかった。

一方の岳見陣営は、地元で討論しようという南方陣営からの呼びかけを全て無視し、選挙カーは出したが、次男の俊治郎が数回、父に代わって選挙演説をする程度でお茶を濁した。

建信が、選挙戦を始めて二日目で、東京に戻った聖は、以降取り立てて指示をしなかった。

建信の戦法は完璧で、毎日のように岳見陣営の支援団体の支持を取り付けた。

投票三日前に行った極秘アンケートでは、建信が岳見票の倍以上を獲得するに至った。

7

＊

投開票日――。朝から激しく雨が降りしきっていたにもかかわらず、長野四区の投票率は高く、最終的には八〇％を突破した。

そして、即日開票の結果は、驚くほどの大差となった。

衆議院長野四区確定投票率八二・六一％　開票終了
当選　南方建信　一三万四九七二票
　　　岳見勇一　六万四四六四票

＊

歓喜の総理打倒から一週間が経過した日曜日の午前七時過ぎ。聖は南方家の氏神の社の前で手を合わせていた。

社の前には、カサブランカの花束を供えた。

背後から、建信が声をかけてきた。

「お忙しい中、お目にかかりたいなどと申し上げて、あいすみません」

聖が恐縮すると、建信は「お気になさらず」と返し、拝殿に向かって神妙に手を合わせている。

「大堀先生に伺いましたよ。あなたから、岳見勇一を選挙で落とそう。そのために力を貸して欲しいと、誘われたと」

「あの人は口が軽いな」

あんたも、あっさり認めるんだな。

「大堀先生が私どもに支払おうとしたギャラの一億円の大半も、かつてあなたを国会議員に推そうとした仲間が集めたカネの一部でしたね」

建信が、メビウスの箱を取り出した。

「驚いたのは、誉君の使い方です。あの子は、あなたの命令を的確かつ完璧にこなした。最初は、偶然潜り込んだはずの岳見総理の施政報告会での質問だ」

「あれは、あの子がやりたいと言ったので、場をセッティングしただけです。いずれ、私よりはるかに優秀な政治家となるでしょう。あの子は、常に自分で考え行動する子です」

「藤森記者を、上手に『週刊文潮』に押し込みましたね」

「『文潮』には、大学時代の同期がいるんです。藤森君に記者としての正義感が残っているかどうかが賭けでした。報告会の後、『子どもは、宿題やって歯を磨いて寝なさいってもん・だ』と総理が発言したのを、彼に耳打ちしたのは、私の仲間ですが、それをあそこまでよく頑張って、記事にしましたよ」

「デスクの大喜多さんが大学の同期ですな」

「さすが、当確師の調査能力は凄いですね」

「次は俊一君を焚き付けたことだ。彼はどうやって釣り上げたんです」

「里山ですよ。私が働いていた霧ヶ峰・杜のワンダーランドの常連でね。レンジャー体験などを共にしました。彼の自然保護に対する素直な気持ち、一方で父や義母、義弟に対する屈折した思いは、彼自身が語ったことです」

「霧ヶ峰・杜のワンダーランドといえば、私がお伺いした時、あなたは大胆なことをされましたね」

「大胆なことをしたわけではなく、伊勢田翁が突然いらっしゃいましてね。私も焦りました」

あの時、建信は接客中だった。車椅子に乗った老人と談笑していた。

あれが、伊勢田だったのだ。

「伊勢田氏には、何と？」

「余命を宣告されたと聞いたので、近づきました。共通の知り合いもいますので。そして、総理が実績作りのために、核武装を考えていると、お伝えしました」

それを聞いて舞い上がった伊勢田は、岳見を別荘に呼んだ。国民には人気があるものの、実績に乏しい岳見は、父の宿願でもあった核武装の話に食いついた。

「父には私のやっていることなど、お見通しでした。大堀先生が、自ら動いて総理の刺客を見つけて、選挙に勝たせるなんて芸当ができないのを、一番知っていたのは、父でした。それで、いろいろ考えを巡らせている中、聖さんが、父に出馬要請した瞬間に、私の仕業だと確信したそうです」

建信は、淀みなく清々しいまでの口調で語る。そこに聖は、わざとらしさを感じた。この男、まだ、ホンネで話してない。

「お父様は、あなたがやったんじゃないんですか」

建信が笑った。冗談だと思ったようだ。

「まさか。無論、父が倒れるようなことがあれば、私が立つ覚悟はしていましたが」

「建信さん、私は今までいろんな政治家に会ってきました。怪物も極悪人もいました。でも、あなたのような政治家が、日本に増えれば、この国は変わるかも知れないとすら思っています」

「光栄です。でも、それは買いかぶりです」

「いいえ、私は政治家を見る目だけは、確かです。しかし、結果が手段を凌駕するというのは、軍師の発想です。政治家は、けっしてそんな考え方をしてはなりません。いかなる時も、王道で勝負してください」

「難しいな。私は、あなたのように潔癖じゃない」

「建克さんも、あなたも、そして誉君も、みな潔癖すぎるほどの原理主義者だ。大義のためには、犠牲を厭わない。しかし、そういう仕事は、周囲の者にやらせるんです。さもないと、あなたはいずれ破滅します」

建信が今までに見せたこともない涼しげな微笑みを浮かべた。明らかに今日の話にそぐわない。

「努力します。でも、ずっとこのままだったらどうしますか」

「その時は、私があなたを潰しに来ます」

諏訪湖の上空を白いサギが滑空していた。

あんな鳥のように真っ白な政治家はいない。いや、あいつだって腹の中は、真っ黒かも知れない。

だが、それでも、真っ白であって欲しい。

そう願いたいのが政治家なのだ。

解説

末國善己《すえくによしみ》
（文芸評論家）

スウェーデンの環境活動家グレタ・トゥーンベリは、八歳の時に地球温暖化のことを知り、十五歳になった二〇一八年、八月二十日金曜日に学校を休んでスウェーデンの国会議事堂前に座り込み地球温暖化対策を訴えた。この活動はＳＮＳで広まり、「未来のための金曜日（"Fridays For Future"）」という気候変動対策のための学校ストライキ運動に発展している。グレタの活動は、二酸化炭素の排出量が少ないヨットで大西洋を横断して出席したニューヨークの国連気候行動サミットで「すべての未来の世代の目は、あなた方に向けられています。そして、あなた方が私たちを裏切る選択をした場合、私はあなた方を決して許しません（"The eyes of all future generations are upon you. And if you choose to fail us, I say: We will never forgive you."）」と演説した頃から日本でも広く知られるようになり、グレタの影響で地球温暖化問題に取り組む日本の若者も増えてきている。

真山仁は、二〇〇八年刊行の『ベイジン』で描いた中国の原発事故が、二〇一一年の福島第一原子力発電所で発生した事故に酷似し、カジノを含む統合型リゾートを設置するための法律（ＩＲ整備法）が成立する直前に、日本でカジノの営業が始まった近未来を舞台にした『バラ色の未来』を上梓するなど、予言的な作家といわれている。九九パーセントの確率で依頼人を当選させることから「当確師」の異名を持つ凄腕の選挙コンサルタント聖《ひじり》達磨《たつま》を主人公にした『当確師』の続編となる本書『当確師　十二歳の革命』も、グレタの活躍を予見していたかのような作品である。

ワシントン・ポスト紙が、宇宙探査のための新エネルギーを開発する日米共同の研究所を日本の費用負担で岳見勇一《たけみゆういち》総理の地元・諏訪《すわ》に建設すると報じた。その直後、諏訪のホテルで開かれた岳見の施政報告会で、地元の小学六年生で里山を守る活動をしている南方誉《みなかたほまれ》が、研究所の建設予定地周辺の里山を守ってもらえるか質問した。無難に回答した岳見だが、その後の宴席で「選挙権のない子どもに、何ができる」と誉を笑い飛ばし、「子どもは、宿題やって歯を磨いて寝なさいってもんだ」と毒を吐いたと「週刊文潮《ぶんちょう》」に報じられてしまう。

誉が保全を訴える里山は、都市と原生自然の中間に位置し、人間の手が入った二次林、農地、ため池、草原など含む地域全体を指している。かつては林から薪を採取したり、キノコや山菜を採ったりしていた里山だが、高度経済成長期になると郊外の宅地開発で急速に姿を消したり、少子高齢化と産業構造の変化で手入れされないまま放置されたりするようになった。だが近年は、日本の原風景の一つであり、生物多様性を守るためにも里山の重要性が再確認され、環境省は二〇一二年に閣議決定された「生物多様性国家戦略」に基づき里地里山の保全と再生のモデル事業を進めているので、本書はアクチュアルな題材を取り上げたといえる。

同じ頃、聖は、岳見と同郷で政権与党の中堅議員ながら鳴かず飛ばずの大堀秀一《おおほりしゅういち》から、支持率が高い岳見を落選させて欲しいと頼まれていた。多額の資金を投じた世界的ヘッジファンドの破綻で経済的な危機に直面していた聖が提示された報酬は、着手金一億円プラス成功報酬二億円。大堀は、対立候補として地元の名士・南方家に嫁ぎ評判もよい誉の母・晴美《はるみ》を推薦するが、聖は岳見の対抗馬としては弱いと判断する。誉を擁立すれば有力な対抗馬になるが、まだ被選挙権がない。決戦の場となる衆院選長野四区には諏訪大社があり、その主祭神は建御名方神《たけみなかたのかみ》。対立する岳見と南方は、諏訪大社の主祭神を意識した苗字なのだ。

日本の選挙では、経済対策と福祉は票に結び付くが、環境やジェンダーは争点になりにくいとされる。依頼人を当選させるためなら公職選挙法のギリギリをつく汚い手段も厭わない聖も、環境問題が争点の一つで、お調子者だが国民の人気が高い現職総理の上に「狡賢く」「意に染まない相手は容赦なく叩く」冷酷な一面もある岳見との戦いには苦戦を強いられ、どのように逆転するかが物語の鍵になっていく。

極秘裏に進められる岳見の落選計画には、新エネルギー開発研究所の知られざる裏側や国際的な環境保護団体の動き、エリート官僚だった誉の父・建克《たけかつ》が環境省を追われ、妻の晴美と共に激しいバッシングにさらされた過去などもからみ複雑化する。選挙の結果を左右するエピソードの中には、二〇二二年二月二十四日に始まったロシアのウクライナ侵攻で改めて浮上した日本の核武装論の是非をめぐる議論に発展するものもあり、現代日本を鋭く分析し続けている著者の持ち味をうかがうことができる。

前作が政治の醜い部分が凝縮した選挙の実情を活写したとするなら、「抜群の吸収力に加え、大人たちの愚かさを見抜く洞察力も生まれる」ことから「十二歳最強説」を唱える聖が、誉の夢をかなえるため奔走する本書は、選挙権も被選挙権も持つ大人が絶対に忘れてはならない政治の理想に切り込んだといえる。

聖は、十二歳の純粋さを現実の政治の場で活かす大人が現れたら、それを見ていた子どもが「日本の未来のために行動できる大人」になるとして、そのプラスの連鎖を「十二歳の革命」と名付けた。ところが現実の多くの大人たちは、壮大な夢や高い理想を持っている子どもに、現実と妥協したり、物事を突き詰めて考えないようにうながし、それこそが成長だと教えているように思えてならない。大人が子どもを諭す言葉は経験に裏打ちされているのだろうが、可能性を潰しているのも否定できない。

これに対し聖は、研究所ができれば補助金や雇用の創出で地域が潤うといった現実論ではなく、里山を守るという誉の理想論を支持し、その夢を実現してくれる候補者を探そうとする。この展開は、しがらみや経済効率といった大人の事情で子どもたちに妥協や諦めを強いるのではなく、純粋な夢を守り育てることこそが政治の役割であると、改めて気付かせてくれるはずだ。そして、聖が誉の代理人になる大人を探す展開は、誰もが簡単に選挙に行けるのが民主主義の根幹であるように、十二歳の少年の夢のためという単純な動機であっても、誰もが簡単に立候補できることも民主主義の基本であり、世代を超えて夢を繋ぐバトンを渡せるようにならなければ日本の未来が暗いままであることも教えてくれるのである。

作中では、聖が誉の里山保全活動を支援する一方で、地方紙の記者から「週刊文潮」の契約記者に転じた藤森大《ふじもりだい》は、環境保護を訴える市民団体の活動を「自分たちの正しさだけを問答無用で押しつけてくる。他人の意見なんて聞く気もなく、相手を徹底的に罵倒し、打ちのめす」などシニカルに見ている。藤森と同じく市民運動に懐疑的な日本人は少なくないようだが、本書には市民運動の重要性と共に、どのようにすれば共感が得られる運動になるかのヒントも隠されており、示唆に富んでいる。

選挙と民主主義の意義、若者の夢をどのように実現させるかに切り込んだ本書のテーマは、東南アジアにある独裁政権の資源国メコンを舞台に、日本で政治運動をしていた大学生の犬《いぬ》養渉《かいわたる》とメコンの有力政治家の息子ピーターが民主化運動の渦に巻き込まれる『プリンス』に受け継がれており、併せて読むと著者のメッセージがより深く理解できるだろう。

本書のテーマについては充分に語ったので、最後に少し別の角度から分析してみたい。本書は、聖が次々と現れる障壁を乗り越えながら選挙で現職総理に勝てる方法を見つけようとするサスペンスあふれる物語だが、終盤になると周到に配置された伏線が回収され、あるトリックが浮かび上がる本格ミステリになる。このトリックはエラリー・クイーンが得意としており、殺人や盗難といったミステリらしいエッセンスがないのに最後の最後でミステリに転じるところは山田風太郎の某名作（ネタバレになるのでタイトルは伏せる）を思わせるので、ミステリが好きな読者は迷わず手に取って欲しい。決して失望させることはないはずだ。

謝辞

本作を執筆するに当たり、関係者の方々からご助力を戴きました。深く感謝いたしております。

お世話になった方を以下に順不同で記しておきます。

ご協力、本当にありがとうございました。

なお、ご協力戴きながら、ご本人のご希望でお名前を伏せさせて戴いた方もいらっしゃいます。


【順不同・敬称略】

杉本雅明
南部陽介
宮坂清
古河義仁
金澤裕美、柳田京子、花田みちの

二〇二二年五月

真山　仁

二〇二〇年一二月　中央公論新社

※この作品はフィクションであり、実在する人物・団体・事件などには一切関係がありません。

光文社文庫

当確師《とうかくし》 十二歳《じゅうにさい》の革命《かくめい》
著 者 真《ま》山《やま》 仁《じん》

2022年5月20日 初版1刷発行

発行者 鈴 木 広 和
印 刷 萩 原 印 刷
製 本 ナショナル製本

発行所 株式会社 光 文 社
〒112-8011 東京都文京区音羽1-16-6
電話 (03)5395-8149 編 集 部
8116 書籍販売部
8125 業 務 部

落丁本·乱丁本は業務部にご連絡くだされば、お取替えいたします。
ISBN978-4-334-79366-1 Printed in Japan

組版 萩原印刷

光文社文庫最新刊

飯田線・愛と殺人と　西村京太郎

或るエジプト十字架の謎　柄刀《つかとう》一《はじめ》

殺人犯対殺人鬼　早坂吝

野守虫　刑事・片倉康孝　飯田線殺人事件　柴田哲孝

ぶたぶたのお引っ越し　矢崎存美《ありみ》

浅見家四重想　須美ちゃんは名探偵!?　浅見光彦シリーズ番外　内田康夫財団事務局

十七歳　小林紀晴

復讐捜査　新・強請屋稼業　南英男

喧騒の夜想曲《ノクターン》　白眉編　Vol.1　日本最旬ミステリー「ザ・ベスト」　日本推理作家協会・編

光文社文庫最新刊

ケーキ嫌い	姫野カオルコ
見番《けんばん》　決定版　吉原裏同心(3)	佐伯泰英
清搔《すががき》　決定版　吉原裏同心(4)	佐伯泰英
遺恨　鬼役㈣　新装版	坂岡　真
さまよう人　父子十手捕物日記	鈴木英治
告ぐ雷鳥　上絵師 律の似面絵帖	知野みさき
後家の一念　くらがり同心裁許帳	井川香四郎
香り立つ金箔　はたご雪月花㈢	有馬美季子
当確師　十二歳の革命	真山　仁